作家眼中的
天堂镇

主编 仁谦才华

敦煌文艺出版社

图书在版编目（ＣＩＰ）数据

作家眼中的天堂镇 / 仁谦才华主编. -- 兰州 ：敦煌文艺出版社，2019.4(2021.8 重印)
ISBN 978-7-5468-1697-5

Ⅰ. ①作… Ⅱ. ①仁… Ⅲ. ①诗集－中国－当代②散文集－中国－当代 Ⅳ. ①I217.1

中国版本图书馆CIP数据核字(2019)第026754号

作家眼中的天堂镇

仁谦才华 主编

责任编辑：靳 莉
装帧设计：大风起

敦煌文艺出版社出版、发行
本社地址：（730030）兰州市城关区读者大道568号
本社邮箱：dunhuangwenyi1958@163.com
本社博客（新浪）：http://blog.sina.com.cn/lujiangsenlin
本社微博（新浪）：http://weibo.com/1614982974
0931-8773084(编辑部)　　　　0931-8773235(发行部)

北京一鑫印务有限责任公司印刷
开本 710 毫米×1000 毫米　1/16　印张 11.25　插页 5　字数 160 千
2019 年 4 月第 1 版　2021 年 8 月第 2 次印刷
印数：5 001～7 000

ISBN 978-7-5468-1697-5
定价：38.00 元

宗喀巴木雕佛像　　吴应胜　摄

圣境天堂　　陶积忠　摄

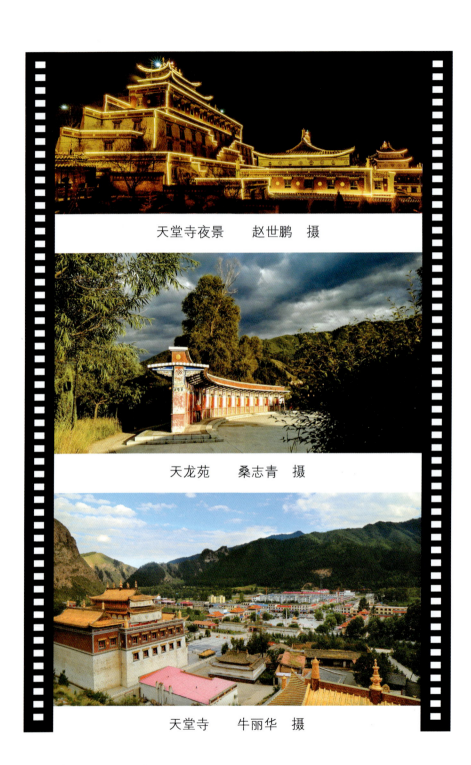

天堂寺夜景　　赵世鹏　摄

天龙苑　　桑志青　摄

天堂寺　　牛丽华　摄

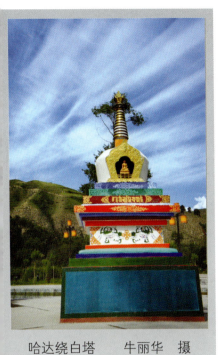

哈达绕白塔　牛丽华　摄

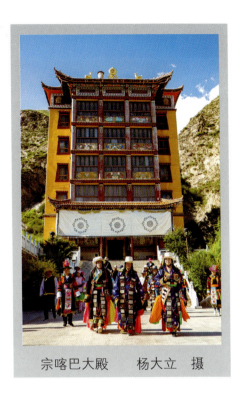

宗喀巴大殿　杨大立　摄

天堂栈道　杨大立　摄

跳观经　牛丽华　摄

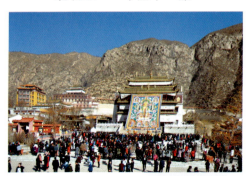

天堂寺晒佛
张浩　摄

天堂寺酥油花展
成亚峰　摄

大通河的秋色浪漫　　赵世鹏　摄

天龙苑
王永忠　摄

天堂寺
丁建荣　摄

和谐　　杨伊旦才让　摄

天堂寺　　吴峻　摄

航拍天堂寺　　王智伟　摄

/ 张存学

　　被称为天堂的地方应该是一个奇妙的地方。天祝的天堂镇的确奇妙。在一个秋高气爽的日子,白云飘浮在蓝天中,抬头朝山头上的云朵望去时,云朵祥和地停驻在山头之上。而更加奇妙的是,顺着山环视一圈,整个天堂镇犹如处在一朵莲花的中心里。天堂镇四周都是山,每一座山都像伸向天空的一片花瓣,这些花瓣将天堂镇围绕在其中就像一朵巨大的莲花向天空绽放。天堂镇奇妙而吉祥。

　　九月的秋天,处在青藏高原边缘的天堂镇秋意已浓,大通河水清冽。大通河对岸的青海互助县界的松林肃气森森,它林间的路通向幽深处,或者,它通向广阔的青藏腹地。在青藏大地上,九月是收割青稞的季节,青稞在这个季节里成熟了,漫山的青稞金黄一片,女人和男人们弯腰挥动着大弯镰将一片片青稞割倒。然后,在不久的几天里,炒青稞的歌声就会在村庄里响起来,新的炒面和新的酥油拌成的糌粑会感到丰收的滋味。而在天堂镇的田野里,蚕豆收去了,麦子收去了,田野里还有一些作物没有成熟,它们等待成熟的日子。在另外一些空旷的草地里,藏绵羊吃着草,从容而安详。而路边的一排排杨树在秋风中萧萧作响。河水,田野,萧萧作响的杨树和四周莲花瓣般的山峰构成了一种恬静的景象,在这景象中,即使鸟的叫声也是恬静的,牧人的吆喝声更是一种悠远的安逸与满足。那是几年前的九月,我就如此漫步在天堂镇的田野里,夕阳西下中,我走在田埂上的影子被拉得很长。我想起少年时曾在青藏高原另一个村子里秋天的情景,那也是九月,在那个村子里,听不到任何城市的喧嚣声,听不到汽车轰鸣的声音,听不到人们熙攘的嘈杂声,听不到工厂机器的喧腾声,在那样的村子里,所谓世界的概念都消失了,因为永远的安静与祥和,那个村子似乎成了天地人神的中心——祥和的平静将所有一切都收拢在那里。那个村子四周也是山,是平缓的山,山坡上是金黄的青稞和青绿的燕麦,远处,山色茫茫。而在天堂镇我也是如此的感觉,走在田野里,所有的都安静了下来。

在另一个时间里,我住在天堂乡政府的一间房子里。那时的天堂镇还叫天堂乡,当时天堂乡刚刚与朱岔乡合并在一起,乡政府的工作似乎忙了许多。我住的那间房子其实是一个副乡长的办公室兼宿舍,晚上我睡着时他还在工作。第二天我又在乡上的食堂里和乡上的干部们一起吃饭,饭是烩菜加花卷,很平常的大灶饭。吃饭的乡上干部都是年轻人,他们精干利落,言谈举止得体而显得朝气蓬勃。当时,我想,在中国无论走到哪里的乡政府都会看到年轻而阳光的面孔,似乎年轻人中的一些精英都到了这样的地方。事实上,在中国,乡村基层政权正是由这些年轻人支撑的,乡村繁杂的事务也正是由这些年轻人处理的,他们是中国最接地气的一层人。农牧人家的生活,农牧人家的生产只有他们最清楚,最了解。许多这样的年轻人几乎把一生最美好的时光都贡献给乡村了,他们在中国基层的存在或许是一个奇迹,而我或者更多的人对他们的了解并不是很多。但天堂镇的变化是有目共睹的。我多次到达过天堂镇,十几年前的天堂镇还是一个凌乱的镇子,十几年后,天堂镇已经是一个漂亮的乡村小镇了,道路整洁,规划井然。农舍、商铺、寺院坐落有致,田野、河流和抬眼看到的青山如诗如画。人们说,这一切都要归功于天堂镇党委和镇政府的一茬又一茬的年轻人。

还有一些晚上，我和朋友们在天堂镇农家乐的院子里谈天说地，或者喝酒。这样谈天说地或者喝酒在天堂镇好像有好几次，一些重要的朋友似乎都在这里相聚过，仿佛天堂镇是一个人一生必须要到过的地方一样，重要的朋友都在这里出现过，他们来过，又走了，几年后又来了。来这里不仅仅有朋友，还有形形色色各种各样的人。诗人们到来了，画家们来了，朝拜寺院的来了，旅游的来了。

十几年前的一天，我亲眼看见天堂镇来了一群又一群的人，他们来自北京、上海、广东等二十八个省份，还有来自台湾地区和蒙古国的。那一天是天堂寺文殊菩萨殿开光的日子，也是拉卜楞寺大格西进行大灌顶的日子，上万的藏、土、蒙、汉群众围坐在文殊殿前接受大格西的加持。那是热闹的一天，也是虔诚的一天。天堂寺因为有这样的佛事活动而显得生气勃勃，更重要的是，天堂寺在多识活佛的关照下越来越吸引近处或远方的人们，人们为心灵的纯粹而来，为慈悲而来，也为善知识而来。

天堂寺有着悠久的历史，它始建于唐宪宗时期，初建时它为苯教寺院，名为"阳庄寺"。几百年后，到了元代时它先为藏传佛教萨迦派寺院，后又成为藏传佛教噶玛噶举派寺院。在噶玛噶举派主持寺院时期，在寺院前面的平地上建造了镇龙塔108座，这个建造了镇龙塔的平地处当地人叫"塔儿滩"，藏语为"乔典堂"。时光荏苒，到了明朝时，藏传佛教格鲁派兴起，天堂寺又改宗为格鲁派，格鲁派僧人重建寺院，将寺院改称为"朝天堂"，"朝天堂"是取"乔典堂"之转音，这以后，人们便将该寺叫作"天堂寺"了。到了清朝，青海东科尔寺的活佛成为天堂寺的寺主，天堂寺成为东科尔寺的属寺。清顺治时期，五世达赖进京途中路过天祝县境内，赐天堂寺为"扎西达吉林"名，汉语意是"广慧寺"。至今，天堂寺已经有一千多年的历史了。改革开放后，它又焕发新颜，担负起传播文化的重任。在众缘合和的力量下，天堂寺一座座殿宇的金顶辉映于群山环抱之中。

无疑，天堂寺是天堂镇的吉祥之洲、璀璨之宝。

这个秋天将意味深长。在写下这些文字时，时值九月。因为在这个时候写天堂镇时我想起第一次在天堂镇与智者罗藏加措相遇的情形。智者罗藏加措迎面而来，他面容慈善，神情淡定，如此的神情给人一种宽阔、能纳百川的感觉。那一天，我一直在罗藏加措的眼前，那一天，我一直感受着智者罗藏加措的爱与智慧的宽广与深厚。之后，几年过去，2009年的春天，智者罗藏加措去世了。当时我在北京学习，听到这消息时，我长久沉默。又是几年过去，我陆陆续续从一些朋友们的口中得知，罗藏加措生前曾经说过，他依怙的善知识走了，他已没有可留恋之处。在我的直觉中，智者罗藏加措做到了他所能做的一切，而在对现实和对未来的估量中，他放下了，因此他离去。一个智者离去了，他留下的是一个巨大的空洞，这空洞让人迷惑并长久沉默。在天堂镇，智者罗藏加措留下了他深深的脚印，他在天堂镇的身影让我长久怀念。

这个集子收纳的诗文都是写天堂镇的。一个镇有如此多的诗文来吟颂它，足见其吸引力，也足见其知名度。但它更具魅力的是它的精神蕴藉，它的山形、水流、田野和寺院共同构成了一种永恒的家园。这个集子中有许多名人之作，它们显现出诗人和作家真挚而隽永的情感。可以想象，这些诗人和作家远道而来，他们为山水而来，为金顶的寺院而来，更重要的，他们为某种精神的契合而来，为某种遥远的召唤而来。读这些诗文，能感受到奇峻瑰丽的想象，也能感受到深沉而悠长的思绪。读这个集子还让我惊奇的是其中许多诗文的作者都是天祝县的，或者是天祝籍的，一个县能有这么多优秀的诗文作者真是难得，从中也能看出天祝县文联和天祝县作家协会付出的长期努力。

是为序。

目 录

诗歌

诗
歌

◎ 天堂寺
（外一首）

古
马

那些爱上石头的
和爱上马兰的蝴蝶
梦的翅膀 一样轻盈

可是你我
多么不同

我供奉一盏灯 在佛面前
需要缓慢的时间和一生的耐心
从黎明到黄昏
我点燃水的捻子

你吐气若兰
你说：闪电是空中银楼
所有怕黑的蝴蝶都住其中

你的话来自天上
仿佛幽谷中的灯火
这灯火
为何不由我燃起？ 为何我的嘴唇

变成悲欣交集的石头

◎ 天堂小镇

雨后小溪挟裹着高山积雪和阳光的气息
亲爱的,我们且不忙随它去园子里摘菜
不用忙着洗掉菜根上的泥土

寺钟传送的金粉
是蝴蝶的晚餐
我们且去田野看看吧
看有多少蝴蝶　化身为明丽的彩虹了
虹桥这一头是甘肃
那一头是青海
无分地界的佛,是小镇最年长的居民
今夜他的左邻是你我
右舍是一轮白亮的月

原载《诗刊》上半月刊 2014 年 6 期

古马,1966 年出生,凉州人。主要作品有诗集《西风古马》《古马的诗》《红灯照墨》《落日谣》等。现居兰州。

扎西达吉琅的泉响

（组诗）

谈雅丽

今夜,我宿在马牙雪线下的天祝草原
在大熊星座的天空下,聆听泉响
偶遇的微风从青海左侧而来
带着青稞的清香,吹落在我的脸上

我泪水涟涟
只为膜拜寺庙,闪烁的金顶
我合十双手
一心想要触摸,泉水的碧澈

今夜,藏区农家的花儿彻夜不停唱着
美酒沉醉于狂欢的扎西和卓玛
我独自一人来到你们的旷野
静寂的麦地,空旷的远山
和我水一样漫开的愁肠

暗夜的泉水架起叮咚琴瑟
只为我的异乡人弹奏一曲
宗喀巴禅师的佛音隐隐传来
我想念一个人,让他的名字脱口而出——
只有扎西达吉琅的泉水听到

今夜,我俯身轻吻夜中一朵静美的格桑
无意间,却惊动草叶间轻轻飞动的
——爱神

注:扎西达吉琅,藏语,天堂寺。

◎马牙雪线下的小蓝花

我知道我会哭它们,我越靠近蓝
它们越用宁静拂照我的忧伤

再大的风也带不走它们
再烈的阳光也枯萎不了,一颗玲珑的心
到处都是绿,无边的绿映照皑皑雪峰
无边的绿簇拥一大片
细小的蓝

牧牛人也不知道它们的名字
路过的僧侣不曾关心过这无名的生长
"所有无名的花都叫格桑
预言幸福,圆满和爱!"

我从草甸上起身时
开始变成其中的一朵
摇曳。开花。
微微蓝着!

◎大通河的流水

这个下午的温柔,注定要给水
——给阳光注满的这条大通河
注定要给暮色中站立在河流之侧的白桦
他们向青海的荒漠伸出的
——那根柔嫩的枝条

注定要给远处的阿尼万智雪山
——雪光拂照了的戈壁和荒漠
他们回应于我的一声低唤,驱走了
藏在我体内的全部尘土

注定要给波光闪闪的大通河
它日夜不停地流淌,我的亲近,它的青葱
只是让灵魂被哗哗的水响,洗涤清澈

注定要给华锐部落叫王更登加的藏族兄弟
他真诚的泪水抚慰了我的创痛
注定要给河边那群自由自在的白牦牛
它们温良的眼神慈爱的注视
为什么,我不能像它们一样
——幸福地活着

◎酥油灯点亮的夜晚

他们带来星宿，在天堂寺的金顶上闪烁
他们带来梦境的酥油灯
一盏盏点燃溪水萦绕的夜晚
他们带来草绿的神，围着经幡慢慢
飞着——飞

他们为我带来糌粑、青稞酒和
前世的幻影。带来甘肃的油菜花
青海的蜂蜜
长途跋涉的我尝到甘甜
情不自禁流下了泪水……

他们还带来清风，吹过山谷的夜晚
吹来静寂和清香，从西向南
吹到了我的湘北小镇

他们带来经轮，转出平静如水的命运
聚散依依的无常
滚滚而逝的相遇

谈雅丽，中国作家协会会员，曾参加诗刊社第25届青春诗会。获首届红高粱诗歌奖、华文青年诗人奖、台湾叶红女性诗奖、东丽杯鲁藜诗歌特等奖、全国海洋诗歌大赛一等奖等。诗集《鱼水之上的星空》入选"二十一世纪文学之星"丛书。散文集《沅水第三条河岸》获丁玲文学奖。

大梦初醒

（组诗）　◎扎西达吉琅的夜晚

林

莉

在我的心还没有
获得万物的安寂和庄重之前
扎西达吉琅的天空说黑就黑了
多么危险！一匹抖动鬃毛的黑骏马
迎风而唳——

星辰倾斜，凛冽，不可碰触
而我们置身在完整的黑暗中，万籁俱寂
左边是一望无际的青稞地，右边也是
蹲在黑暗的地边，流水的声音环绕
"扎西达吉琅献出敲打灵魂的铜鼓——"
整个扎西达吉琅的夜晚，只剩下流水和黑暗
我身无一物，我心生疼痛
扎西达吉琅啊，扎西达吉琅
苦痛欲望和传唱的总和

2009-7-26

◎呈 现

月亮的白银镯子落在青色岩石上
青色岩石上寂然端坐着鹰的神像
神像覆盖尘土,尘土里涌出泉水的道路
道路上沉默的僧侣埋头疾走
疾走的脚印很快被大风吹起的尘土抚平

忽一日,我被爱驱赶,来到这座高原
目睹这人世温热含泪的呈现
……大梦初醒,神弃我于一株青稞的偏旁

2009-8-15

原载《飞天》2019 年 12 期诗歌头条

眺望
（组诗）

林
莉

◎高原一日

落日古铜照着的高原
一头逡巡之豹已趋于安静
它的身体临摹着古老时光的斑纹和
去岁野菊怒放的辉煌细节
高原一日，六畜兴旺，神的经卷敞开
呵，心上人——
如果你孤零零地出现在这高原，如果你
成为这首诗歌中不被世人解码的一个字母
你就完整地将我……掳走

2009-8-16

◎大通河在拐弯

要允许青海的油菜花上停着甘肃的蝴蝶
要允许大通河一侧身，青海和甘肃就抱在了一起
要允许我一个异邦女子借来一面流水的铜镜
——照见命运里的沉砂和惊涛
春秋转瞬即逝，大通河的双肩猛地向下一沉

2009-7-26

◎马莲花已经开过

但是,马莲花已经开过
它光明的额顶,丰盈的腰际
鼓胀的心房……一道颂经中的绝望之蓝
——滚滚远去

而我独自在这里,暮色转暗的草场
老阿妈熟练地收割马莲,她的脚边
堆放着一根根用马莲编好的鞭子
"更长久的鞭挞和疼——"
莫非这就是我宿命的千里之寻?

2009-7-26

◎途 中

山坡上，一群滚动的白牦牛和黄羊
从东到西，从西到东，啃食野花和青草
整个草甸，一面山坡的野花都是它们的
我忍不住跃跃欲试跑进它们中间
它们却一哄四散，不见踪影
留下我这个束手无策的人，显得多么突兀

2009-7-26

◎一只鹰在天空盘旋

我们仰头是因为看见了鹰
一种带电体突然来到我们疲惫的旅途中
空气流动明显快了起来，一份久违的冲动
我们忍不住开始尖叫，陌生的惊喜的
而它始终慢慢地滑翔着，漫不经心
它在空中孤傲地飞，大地随之轻轻晃动
随后它一个俯冲绝尘而去，一片鹰羽跌落
一只鹰出现又消失，寂静已被打碎
喜悦那么短暂，有人轻轻啜泣

2009-7-27

◎与一座玛尼堆相遇

经幡,长风中秘密的旗帜
石头,爱恨交加中不可消除的块垒
飞鸟的投影,一束光波,模糊的滚烫的指纹
微微卷缩。当我像一个迟到的朝觐者
侧立于这神秘的白塔边……默默无语
相逢恨晚,祝福万事万物正当年
一块滚动的石头,来不及回到它白塔的心脏

2009-7-28

原载《诗刊》2013 年 1 期每月诗星栏目

林莉,中国作协会员,曾参加诗刊社 24
届青春诗会,就读鲁迅文学院第 18 届中青
年高级研修班。诗文见《人民文学》《诗刊》
《星星》《花城》《散文选刊》等报刊杂志。入选
各种年度选本。获 2010 年度华文青年诗人
奖、2014 江西年度诗人奖等。出版诗集《在尘
埃之上》(21 世纪文学之星丛书 2010 卷)《孤
独在唱歌》。

◎ 天堂寺

梁积林

有一个空门,有一对来生
夜里下雨了
给佛带来了些许能了却和不能了却的事情

每一根闪电,都是通向天堂的路径
笃笃的木鱼,像是遁世的跫音
乱云飞渡
晾晒经书

梁积林,甘肃山丹县人。中国作家协会会员。甘肃诗歌八骏之一。参加过诗刊社第21届"青春诗会"和第9届"青春回眸"诗会。鲁迅文学院高级研修班学员。著有诗集《河西大地》《西北偏北》《部落》《梁积林的诗》《神的花园》《河西走廊诗篇(长诗)》等多部、短篇小说集《寻找道尔基》和长篇小说《付楼镇》。

◎马牙雪山
（外二首）

单永珍

一个信仰沦丧的人，在雪山下偷情
当一个败家子反穿皮袄，打马经过时
一场最小的雪崩在春天发生

雪山脚下，羊肉与青稞的交易继续进行
那些最先出生的青草，一身腥气
它们交头接耳，看着龇牙咧嘴的落日

旅行者的烟蒂、贩夫走卒的劣质酒瓶
摇滚歌手撕心裂肺的嗓子里
咽下一颗要命的门牙

像一幅混乱的油画，涂满春天的油彩
藏族诗人仁谦才华挥舞着革命般的手
抽打伪浪漫主义者的现代下半身诗

但远处的帐篷里，牛粪火正旺
我用一块砖茶和一条哈达
换取阿妈热腾腾的酥油茶

◎ 抓喜秀龙之侧

落日之黑似一猛士撞击天穹而雷声阵阵

黄金寺院
一个女香客手里
藏着成吉思汗的马蹄铁

节日草原上就连芨芨草都说着普通话

◎天堂寺的夜晚

连老鸹都安静了，金顶上的月光肆无忌惮
它一半耀眼，一半正在打着瞌睡
似乎要将一天的诵经声揽进怀里
掰成两半
一半是白天的酥油茶
一半是夜晚的糌粑
剩下的
是那些牛啊羊啊被超度的魂灵
虔诚地仰望着

当我离开时，突然发现
一个绛红色的青年喇嘛远去的背影
多像仓央嘉措在月光下疾走的脚步啊

单永珍，回族，中国作协会员，中国少数民族作家协会会员，中国诗歌学会理事，宁夏诗歌学会副会长。参加诗刊社第 22 届青春诗会，鲁迅文学院第 7 届中青年作家高级研讨班，作品被翻译成蒙古、藏、哈萨克、维吾尔、朝鲜、锡伯等文字发表。著有诗集《词语奔跑》《大地行走》《青铜谣》。

藏地谣

（组诗）

◎天堂口

王怀凌

被花香抬高的地方叫天堂口
我来的时候,苏鲁梅朵已走过她盛大的花期
但依然有影影绰绰的紫色祥云在山地和峡谷萦绕
高山杜鹃此刻正开得如火如荼
青草忘情之处,白牦牛成群结队

天堂口,高扬的经幡收复了风声和海拔
太阳的转经筒,从东转到西
普世的光芒,慈悲着十万座大山举义的松柏
玛尼堆,每一块石头里都醒着一个梦
风马和青草能读懂它的奥义

一个红衣僧人脚步匆匆
一个牧人表情肃穆
一个挖虫草的外地人收获了意外
一个卖藏药的郎中东张西望
一伙游人大惊小怪
一只苍鹰盘旋在马牙雪山上空
马牙雪山的白,是献给皇天后土的一袭哈达

我驻足天堂门口,恍若巧合前世的机缘
——一个失魂落魄的浪人
留下因果,行囊中羞涩的银两和充沛的月光
带着未知,继续赶路

◎天堂之夜

仿佛回到从前,仿佛是在梦中
五月十五的满月,把一半清辉洒向甘肃
另一半洒向青海,一座横跨大通河的桥梁
连接着两岸的因缘,互为彼岸
我从甘肃踱到青海,又从青海踱到甘肃
明月在上,明月陪伴着行云流水
两位美女,一个叫卓玛,一个叫格桑
依稀在我左右,轻轻地说着青海的油菜花和甘肃的天堂寺
多么美好的夜晚!
清风吹过林梢,月光在水面轻移莲步
云影投下斑驳,仿佛河里受孕的鱼展开鳞片
仿佛内心俗世的沉疴脱落在地
我这样想的时候,风来了
风没有错,风在风中消失
雨来了,雨没有错,雨洗濯着雨
风雨过后,树木和青草净身入眠
多么寂静的夜晚!
仿佛神的旨谕
刚好安放一颗狂躁不安的灵魂
——在河西一个叫天堂的小镇

◎天堂寺的早晨

佛烛唤醒太阳
太阳照亮金顶
天堂寺的早晨，蓝天清澈，岁月静好
空气是被昨夜的一场细雨过滤的
群山的轮廓把头顶的天空勾勒出一朵巨大的莲花
几抹云轻描淡写着花瓣
鸟飞过，天空灵动了起来

过于安静。除了鸟鸣
百万只阳光的箭矢和暴马丁香的浓烈
行人脚步轻盈，生怕惊扰了假寐的露珠
我混迹在人群中赏景、观画，听轻风唱诵梵音
朴实的藏民在寺庙门前五体投地
没有人大声说话。这样的安静的确是一种力量
我隐藏在心中多年莫名其妙的浮躁
在一个早晨，一幅水墨丹青里
悄然遁去

◎夜晚，在大通河边

我不知道大通河里的鱼被天堂寺的佛光普度
是否怀孕？
但我看见月华洒在水面上，是鱼鳞的形状

草木在均匀地呼吸。我点燃一支烟
内心有微微的波澜
是的，我喜欢一个孤独的灵魂在夜晚落草人间
就像一尾鱼转世在浩淼里

我更喜欢这无边的寂静！

水流湍急，鱼儿可否安睡？
风停了，蝴蝶做着透明的梦
梦见花！
一个放浪形骸的人，能否在清晨转回
吮吸你眼角那一滴隔夜的露珠？

夜深沉。湿度加重
星星窥视了夜的表情

多少张迷离的脸，多少颗破碎的心
在黎明到来之前
又将陷入一团漆黑的现实

◎马莲花开

一朵马莲开在牛粪上,一百朵马莲开在牛粪上
千万朵马莲开在牛粪上
马莲花开,怀抱幽蓝的灯盏
向西怅望,深陷在昨夜的梦中

一定曾有人经过,留下牛羊、马匹、誓言、爱情和
　　念想
一定会有人回来,有人音信杳无
远去的驼队、马帮、商贾、剑客、书生、乞丐、走西
　　口的穷人
凄风苦雨中,种子发芽,马莲开花
痴痴的守候,丰饶一路芬芳

上苍慈悲,降下雨露
太阳无私,洒下金辉
牦牛的眼睛看到了忧郁,留下养分
一任她幽幽的蓝,蓝蓝地怅望
在走西口的路上

◎锅庄舞

天黑了，花没有黑
花依然赤橙黄绿青蓝紫的娇艳
牛羊归圈，倦鸟收敛了辽阔的翅膀
此时，天堂寺广场燃起了篝火
像一盏神灯，吸引来自每一扇门后的踟蹰
乐音高亢，在群山之间回荡
覆盖了猫头鹰的抗议
看不见野兽穿过森林和草原的孤独
看不见浪人眼中的迷茫
但看见更多的人，怀揣草木之心，表情安详
随着音乐的节奏起舞——
扬手，挥动起牧鞭
抬脚，跨过一条河
低头弯腰，收获了一桶醇香的牛奶……
举手投足都是原生态的再一次劳作
而不远处，经幡在继续转动
一群晚归的牦牛
经过毡房，产生了爱情

原载《诗选刊》2013 年 12 期中国诗歌年代大展特别
专号

王怀凌，20 世纪 60 年代出生于西海固农村。出版
诗集四部。中国作协会员。

◎天堂寺偶见（外一首）

人
邻

甲虫低低伏着，
它的壳上，七点灰尘，定是来自神意。

这会儿它累了，它只是要在这儿，
在自己的命里安歇片刻。
此刻，午后阳光正照着它，
甚至比照着别处的要更多一点。

这一会儿的阳光，也必是来自神意。

天要黑了
寒风里
人们俯身点灯
灯亮了
灯
真多
山上山下
比尘世的人还多

偶尔风很大
有的灯
点着了
一直燃着
有的灯灭了
再点
还是灭了

燃着的一盏盏灯
佛看见了
灭了的灯
佛也看见了

佛说
灯
终归是要灭的
灭了

就不点了吧

人邻,原名张世杰,河南洛阳人。1995 年毕业于北京大学中文系第三届作家班,现在甘肃省劳动科学研究所工作。1981 年开始发表作品,2005 年加入中国作家协会。甘肃省文学院荣誉作家。著有诗集《白纸上的风景》,散文集《残照旅人》。诗歌、散文作品被选入多种诗歌、散文选本、年度选本。

◎凉州词：天堂寺

熊 焱

群山环绕,仿佛是众生安睡于佛的怀抱
这河西的小镇无限安静
八月的阳光就是一袭竖排的经卷
人群和车辆如此缓慢,连时间似乎也停止了
只有大通河奔流不息,就像宗喀巴大师在
　　彻夜诵经
庄严的寺院,就是得道的高僧
已经打坐了厚厚的一千年。浩荡的袈裟里
　　一点点地漏下万丈霞光和雨水
漏下夜晚满天的星光和百转千回的虫吟
阵雨总是突如其来,粗大的雨点
仿佛是佛的念珠,一粒粒地敲响我体内的
　　木鱼
远山的树木、地头的青稞,在雨水中肃立
它们都是佛的弟子,正虔诚地接受着湿漉
　　漉的受戒
我从远方赶来,是为了捡回我灵魂的舍利
我这一具粗糙的肉身已在人间游荡了很
　　多年

原载《人民文学》2015 年 12 期

熊焱,1980 年 10 月生于贵州瓮安。出版有诗集《爱无尽》《闪电的回音》,发表有长篇小说《白水谣》。曾参加第 23 届青春诗会。曾获第 6 届华文青年诗人奖、首届四川十大青年诗人、海子诗歌奖提名奖、尹珍诗歌奖等多种奖项。现居成都。

◎ 盛夏：天堂寺

苏 黎

黑土地上
青稞还没有露出锋芒
油菜花，正吐着金黄

一个披着毡衣的牧羊人
坐在山顶上，手中捻着一根长长的毛线
山坳里吃草的羊只
是他一个又一个的捻线团

天堂寺，白云的经幡飘动
一只鹰隼，就是一块抹布
在来来回回地拭擦着
擦亮了一片天空

天堂寺的钟声
远传来
诵经声
超度着谁的前世

山坡上的格桑花呀
繁星点点，我不求来世
只求其中的一朵
照我的今生

苏黎，女，甘肃山丹人。中国作家协会会员。
自上世纪 90 年代开始文学创作，在《诗刊》《人民文学》《星星诗刊》《飞天》《中国诗歌》《诗歌月刊》《青年文摘》等刊物发表作品多篇(首)。出版有散文集《一滴滋润》,诗集《苏黎诗集》《月光谣》《多么美》等。作品入选多种选本。参加过中国作家协会《诗刊》社举办的第24届青春诗会。

◎天堂寺的黄昏

李满强

这肃穆的七彩之光
自西山顶上缓慢地送过来
缓慢的静。仿佛
众神慈祥的眼神
而僧人打坐
野花唱歌
山坡上,一匹兀自吃草的白牦牛
它已是自己的主人
天堂的王者
如果再静一些
你将听到神祇的低语
如果再近一些
你将拾取命运的金子

原载《绿风》2009 年第 1 期

李满强,1975 年生于甘肃静宁,作品散见于《人民文学》《诗刊》《中国作家》《芳草》《星星》《飞天》等刊,入选数种选本。出版有诗集《画梦录》等。曾获黄河文学奖等多种奖项,参加诗刊社 24 届青春诗会。毕业于鲁迅文学院第 19 届中青年作家高级研修班。中国作协会员。第二届甘肃"诗歌八骏"成员之一。

◎ 天堂寺偶记

草人儿

1.

天堂镇里有一座天堂寺

寺四面山体绵延,如一朵盛开的莲花。安
　　静的灵魂在一朵莲花里。

天堂镇有一条街,叫天堂街。修行的脚步
　　在行走中。

天堂镇里有一条河,叫大通河,大通河水
　　从镇中央流过。

大通河,通心灵。

天堂镇里有一片小树林,叫吉祥林。吉祥
　　的菩提种子在播撒。

天堂镇里有一所学校,叫天堂学校。学而悟。

天堂,这是一个与美好有关的词语

思想白鸽一样长出翅膀,在天空飞翔。

修为的人用树的根须行走,紧贴大地。

2.

大通河河水冰凉,在早春

从天堂寺前流过

那一年,我们来天堂寺,是来安放一个兄弟

在生长着三棵树的岸边

打开骨灰盒

一个年轻的身体,已经被火熔化成灰

顺着河水,顺着风

他的妹妹把骨灰抛向河面
大通河突然倾斜而上,缓缓流过

一个灵魂去了天堂
像被尘世放飞的鸟,落向天堂寺的上空

3.

洗手净身
在天堂寺焚香点灯
清洗灵魂的人,从天堂寺出来内心宁静

小小的天堂镇,小到我想让它装着我的童年
装着我儿时少言寡语的忧伤
和小小心灵对神的祈求:请让我奔跑
哪怕不停地摔倒
请拿走他们的咒语,我只活一世

4.

口念婆罗经的白马央瑾,手持念珠
我们沿着天堂寺的栈道,绕寺缓行
刻着经文的牛骨板、石头、堆起的玛尼堆
——告诉我
祈祷和祝福的声音还未走远

经幡飘动,诵经的声音落向一朵白云

我向神祈求：请拉紧我
让我的心灵与天堂近一点，再近一点

5.

天堂寺上空透着明亮的蓝
望一眼，尘世的慌乱和心悸
瞬间便放下了

一个安静的人，一个与我同行的人
口念六字真经
天堂寺宁静肃穆
轻风吹动，顺时针绕过转经筒
祥云朵朵，它飘得那么轻
轻得让我不说出悲伤只是默默地祈祷

草人儿，满族。诗歌散见《人民文学》《诗刊》《星星诗刊》《诗潮》等刊物。作品入选《中国年度最佳诗歌》《中国诗歌精选》《先锋 诗歌》《中国当代少数民族女诗人诗选》等多种选本，入围第四届、第五届、第六届华文青年诗人奖。获第二届黄河文学奖三等奖，甘肃省第五届少数民族文学奖一等奖。

那么，这就是天堂了

（组诗）

瘦 水

我无法诉说那种绿，那种缘
一页一页像翻一册经卷
一匹花鹿出现在金色的某页
食野之苹
青青鸟鸣
你的根
你的青山绿水
你的树
一棵树千年的瞭望
我是有约而来
点燃了第一万盏酥油灯
站在离你不远的地方
那头大象
刚好把肩膀搭在了我的肩上
大通河上
一个僧人点燃桑烟
从天堂往下看
人间祥云阵阵
今夜我不去对面的青海
今夜我要夜宿天堂
面朝今世
热爱人间
你要去天堂吗
天堂就在人间
天堂就在一个叫做天堂的地方

◎白牦牛

它看着我的时候
我是一头黑色的牛
食野之苹,青青鸟儿
有黑色的露珠从它额头滑下来
它走过来
雪也飘了起来
它的目光里
有一对白度母
当它和一头黑牛交谈
它俩讨论的可能是天堂的一些事了
白色的乳汁
多年后
有了我这个黑头藏人
那梦里飞翔的不只有星子
还有这群白牛
天堂,或许就多了这么几头白牦牛
白云弥漫开来
庞大的更为深遂的白牛的帝国
奔跑在通向天堂的路
也许,离开这里
离开华锐
它便是黑
我把哈达搭在它的肩上
我也要在去天堂的路上
好好爱上这人间一回

◎寺 顶

豁然开朗

下陷

没有眩晕

只有安详

少顷,失去了声音

剩下了风,雨,雷电

剩下了天堂里的人们

这声音,能穿透我吗

这光里,有另一轮人间

还有这桑烟,酥油灯,寺顶

这些年我孤身一人生活

孤身并不可爱

可爱的是多年后

我在我内心的驱引下

孤身一人来到这座叫做天堂的小镇

噢,天堂就在这里

天堂就镶嵌在大陆的深处

第一百零八颗星座之下

我点燃了三盏酥油灯

一盏为这平和的人间

一盏是原罪

一盏为我热爱的诗

只有诗才让我通体,透明,清晰,亮丽

只有诗让我串起这一百零八只念珠

让我生儿育女
让我和你们一起热爱这奔波且充盈的人世
佛经里的八宝,数清了
转了三圈
过去,现在,将来
还想爬上对面那红红的崖头
再看看这人间
这人间的天堂
广场的那头大象不舍似的
动了一下身子
朝我长鸣了一声

◎这些神姓的姓氏

屋檐下
乌鞘岭的屋檐下
一场大雨倾盆而下
淋湿的头发
涉水而过的我
我所处的经纬
这呼啸的风
使我像一个在空旷的原野上驰骋的吐蕃
　　　特人
这个吐蕃特人爱着一个西夏的女人
但他为他的马刀而战
为他的帝国而战
戎羌,没能蹚过大通河
匈奴,在马牙雪山点燃了最后一堆狼烟
月氏,曾为整个北方奉献了十万美女
这里的月亮,至今散发着胭脂的香味
打开一粒粒叫做华锐的钮扣　敞开胸襟
你认识了这些在云雾中行进的生灵:
华藏,麦洼,抓喜秀龙,石羊河,金强河,
　　　旦马,松山……
这些美丽的名字
这些神性的姓氏
响水河,其实没有声响
静得能听见对面林中一头白牦牛的蹄声

它的沉默像一位叫做仁谦才华的诗人

在他那里,沉默是金色的诗

石羊其实也不是一条河

它是在石崖上

努力向上的一只孤寂的羊

像极我的零乱

只有抱住一块石头

才不至于被这人世吹走

乌鞘岭

把我一分为二

一头是天堂

一头是我在抓喜龙秀草原爱上的一位姑娘

瘦水,藏族,又名索南昂杰,甘肃甘南人。007 印书公司发行诗文集三部,有自印文集一部,合著一部。荣获"甘肃省黄河文学奖"、"甘肃省少数民族文学奖","鲁藜诗歌奖",第二届全国藏汉语诗赛优秀作品奖等奖,参加"2011 年云南西双版纳全国散文创作会议"和"第十一届全国散文诗笔会"。

◎ 今夜：我只关心白牦牛，炉火和爱情（外二首） 仁谦才华

天堂寺的黑色大幕
挂着两轮月亮：
一轮是天上的
一轮是南拉民俗村的木质车轮

月亮的光芒里
河流，星星和羊群　点燃心灯
青海和甘肃的藏银　点燃心灯

零度以下的花朵正在开放

佛陀隐身
雪豹，狐，岩羊，蓝马鸡——
这些驻锡的释子　就灯煨心
让光
一点　一点　抠去内心的饥饿

乌鞘岭以北的山褶里
牛粪墙，被谁豁开

今夜
我只关心白牦牛，炉火和爱情

辽阔的夜，吞下牛群
牛眼却始终瞪着深远的悲悯

一些牛粪被送进火炉　燃为灰烬

一些牛粪在大棚里开出

云朵和雪莲

一亮一亮的牛眼睛

一直翻检——

泪水,疾病,苦难与爱包浆的舍利子

它们用噙泪的眼波温暖对方

它们是走出岩画的一个部族

扑闪的眼睛

复述内部的冰凉和

青稞的光芒

◎ 莲瓣里的天堂没有睡意

那一夜
所有的雨水和野花种在天堂
两片飘不动的云也挤了进来
对面的青海踮脚眺望
沾着青稞酒糟的空气
正走在十二盘道的最后一个弯上

那一夜
贴了邮票寄过大通河的互助大曲
连同青藏的民俗和彩虹之乡的窗幔
被宁夏的单永珍轻轻启开
词语奔跑　酒歌奔跑
那些没来及圈住的词们
随着大通河飘走了
会发表在哪家刊物的哪一个页面

那一夜
莲瓣里的天堂没有睡意
陌生的方言
第一次听到英雄部落种出的声音
泪落如雨

那一夜
湘妹子雅丽珊瑚的眼底
十万青稞点头微笑
天堂的蚊子美美吮了口

江西的血

那一夜
我在桦皮上草草写下：
一半，青海的油菜花
一半，甘肃的蝴蝶

那一夜
佛猜到我们的心事
游走于三百年的脉象
白垩纪的壁虎盗走
本康喇嘛掌心的仙草
青草顶着天堂的露水
像上升的万盏佛灯

◎ 天堂龙石

你只是一块石头
蟠龙一样
因为沾了青藏的风垢，雨垢，雪垢，盐垢
立起高过喀拉昆仑的海拔

因为一个传说
一个寺院
一句嘛呢的冲刷
显赫了族石乃至族人中的地位

因为一次兵燹
一个部族的消亡
一番篝火边盐客的黑话
打开我通向你心灵的天窗

其实
你是不想和这个尘世对话的
在你的世界里
至少不会像现在这样任凭摆布

其实
你就是日月轮回的经卷
梵音浸滋的经卷
你意外的出世
不得不让我扩散心潭的涟漪——
两片蝴蝶被油菜花染得振不起羽翼

扎西达吉琅的经声拉着桑烟向上，向上
三个荷锄的农夫　三片梳理的庄稼
正神色恍惚地经过你清晰的纹理

其实
你紧搂的就是两颗圆石
因为一双眼睛的砥砺
孵出生命的意义

告诉我　谁掏走了你的五脏
告诉我　你体内的那一部分去了哪里

是不是渗进了黄河的血管
是不是听着黄河谣没入渤海
是不是又被蒸发在青藏的
旷古苍茫里

　　仁谦才华，又名车才华，藏族，中国作家协会会员、中国少数民族作家学会会员、中国散文诗作家协会常务委员会主席团委员、甘肃省作家协会理事、武威市作家协会副主席、天祝县文联副主席、天祝县作家协会主席、《乌鞘岭》杂志主编、《昆嵛》文学签约作家。出版诗集《阳光部落》《藏地谣》。荣获全国新星诗人特别奖、天马文学奖、木兰围场"风电杯"全国诗歌大赛三等奖、第十九届"文化杯"全国鲁藜诗歌奖、第四届甘肃黄河文学奖、首届玉龙艺术一等奖、第二届"飞天"十年文学奖。鲁迅文学院第十四期少数民族作家创作班学员。

◎ 秋日：天堂寺
（外一首）

谢荣胜

秋天胡杨把金箔贴满天堂寺

转经筒的
黄教的
唐卡的
酥油奶茶的
藏人的
甘肃和青海的方向
是天堂

种下菩提的人远去了
生就是为死做的准备

◎ 天堂寺

青稞地边,木质的寺院,叫做天堂
上课的人,起先拥抱大地
齐腰深的香火和诵经
一条木鱼把清晨喊醒

藏地,一幅幅仰望者的背影
飘展的唐卡,
轻轻拭过金顶的流云,
尽力表露身段的格桑。

这个神清气爽的早上
那些灵魂都弯下脊梁的人
久久地在酥油灯下跪着
太阳从他们头上
开始新的一天的散步

我的深呼吸更深

原载《大观·诗歌》2017 年 3 期

谢荣胜,20 世纪 70 年代生于渭水之
滨陇西,现居五凉古都大凉州。出版诗集
《雪山擦拭的生活》《在河之西》。参加 25
届青春诗会。

有关天堂寺的长短句
（组诗）

王更登加

◎ **病骨秋霜——天堂寺有感**

病骨经秋霜
一场霜落在十月的花上
花呀大地小小的酒盅
落日是个大酒盅
溢流出的血酒溅到了谁的鞋上
经过了一场秋霜的人
请端起花的小酒盅
经过了一个秋天的人
请端起落日的大酒盅
经过春、夏、秋、冬四个季节的人
肯定是那个拖曳裙裾在佛前点灯的人
点灯人啊请走出寺门看一眼这大地上的风景
然后端起盛满清水的紫金钵体
再念一声弥陀佛

原载《星星诗刊》2008 年 5 期
美国诗天空《中文诗刊》2008 下半年刊

◎在天堂寺

起风了——
阳光撞在白塔上"噗噗"作响

起风了——
人群——跪拜或者旁观
这人世庸常的情景
在圣地庸常地显现

寂静把寂静推远
美把美摇碎

假如此刻你归入内心的沉寂，并想到：命——

你是一个神，也会口含人间的谣词
你是一个俗人，也会胸怀神的语言

原载《文学港》2011 年 1 期

◎卸　下

高海拔的青藏
高成了一架登天的梯子
那些从四面涌来的风，到这儿就走不动了
如果风要继续前行，就得爬梯子，就得卸下
从低处带来的灰尘、草屑、以及种种气味
找回风本来的单纯
一阵阵黑色的风
正在那儿争先恐后地卸下

这间歇我看见那个磕长头到来的人
已经走出了山腰的寺院
他一脸幸福，在那儿卸下了什么？
他说此刻他感到自己轻灵的灵魂
被一阵更轻灵的风携着
正向天堂飞升

原载《文学港》2011 年 1 期

◎大通河两岸

大通河两岸
那么多飞舞穿梭的蜜蜂
是众神手指上闪亮的黄金戒指
在高原七月纯净的阳光下
神无形的手正在忙着捡拾大地上一粒一粒的甜

一个守在蜂箱旁的女子
年轻,衣着鲜明
但无法让人用性感或美艳去形容
她端庄、雍容华贵,更像是女王或母亲
安详操劳,百花的芬芳四季都追随着她

当我遇见她
确切说是遇见高原七月一场盛大的美
我就想把心永远留在这广阔的大通河两岸
我们都无法使自己像她一样去做一个母亲或女王
但可以把那些辛勤忙碌的蜜蜂当做温暖的针线
用以缝补我们尘世生活的衣衫

原载《诗刊》下半月刊 2015 年 8 期

◎天堂寺的傍晚

晚钟
吹散了大经堂里的颂诵
绛红色的云
也渐次散开

安详的沉静里，山寺
连同它四周的群山
在缓慢地隐形

遇见几个年轻的喇嘛
又遇见几个
都十二三岁的模样
嬉戏、打闹，走向半山腰的简陋僧舍
手里都拎着土豆或青菜

一山弯的清风徐徐吹动
一山弯的清风里氤氲着土豆和白菜
清清爽爽的味道

原载《诗刊》下半月刊 2015 年 8 期

◎偶　感

雪片大、密、但沉缓
落下来,朦胧着山寺

廊檐下两个年幼的喇嘛
袈裟单薄,稚嫩如儿子
裸露于山寺春雪的清晨
齐声高颂——

心中猛地一疼,心中
猛地一狠

原载《诗刊》下半月刊 2015 年 8 期

◎ 在天堂寺的一个下午

秋风带着雁阵、落叶
从一片寺院刮过

落叶交回大地,秋风归没山林
雁阵没有停下来

那些油灯、经卷、壁画、幽暗里打盹的僧人
也没有受到惊扰

我是一个远客
在经堂前的空地上沉默片刻
心里惦记起回家的事

原载《诗刊》下半月刊 2015 年 8 期

◎天堂寺的一个清晨

昨夜,那山落雪了

那雪凄寒、孤远
被雾遮去

寺,是鸦翅暖亮的灯盏
是头顶最亮的一颗星星
——是这样迷幻的风景

清晨的风渐次吹干了寺院墙壁上雨水的痕迹
那人起身离开:酒醒后的感觉
一如这恍惚、空洞的言说

原载《诗刊》下半月刊 2015 年 8 期

王更登加,曾用笔名雪山魂,藏族,2001 年开始诗歌及散文
创作。在《诗刊》《星星诗刊》《文学界》《民族文学》《绿风》《诗歌月
刊》《诗潮》《飞天》数十多种文学刊物发表大量诗歌散文作品。作
品曾获《飞天》优秀作品奖,甘肃省第五届少数民族文学奖,《星星
诗刊》征文优秀奖,《诗探索》首届"中国新诗发现奖"入围奖,第六
届甘肃"黄河文学奖",第二十五届"东丽杯"全国鲁黎诗歌奖二等
奖等各类文学奖励二十余次,作品入选二十余本文学选本,著有
诗集《西去向苍茫》,系中国散文学会会员、甘肃省作家协会会员。

白云飘过天堂寺

（组章）

扎西尼玛

◎天堂寺的早晨

阳光，最先蹲在天堂寺的金顶。

远道而来的我，最先拨动一排经筒。随后，目睹
大经堂隆重的早课
我点一盏佛灯。

佛灯，佛灯，为我照一照前世和今生的因果。

我感到慈悲的佛祖，记住了我的容颜。

心上的那些石头，化作微笑的莲花。

◎天空之鹰

鹰是天地间的哲学家。

一只眼,盛满沧海桑田的漫长时光;

另一只眼,装着茫茫无际的草原。

鹰的身上包含动与静的命题。

鹰飞蓝天,鹰就打扫着空中的尘埃。

鹰踞山巅,鹰就阅读着世间的烟火。

与鹰相遇的时候,我翻山,我过河,我呼吸万千青草的芳香。

◎白云飘过天堂寺

法号吹奏，沉甸甸的长音穿透天堂寺寂静正午的缓慢时光。

这时，我正好走在转经路上，忽然就想到自己在人间来了一趟。

这时，正好有一朵白云飘过天堂寺。白云啊，亲爱的白羊姐姐，今生我来时，为什么你总在高高的天空？你能否一眼就把我认出？

大通河向东流淌，岸上的石头是永恒的守望。河对岸前行的两头牦牛，犹如两封从远方寄来的信件，一封装着碧绿的青草，一封装着通往幸福的桥梁。

白云翻山，经幡向天。这夏日清风的大手把世上的所有尘埃带走。

白云啊，亲爱的白羊姐姐，你留给我五千吨银子的阳光。

◎遇见白马

我遇见世间的另一匹白马——
安卧在高峻的雪山。
背上盛开银莲花。

风来的时候,起身离开家乡,帮助大唐的僧人西天取经。

一匹真正的白马,素洁的皮毛,需要前世长久的修炼,才祛除杂念的滋生。

一双明亮的大眼,经过今生无数风雨的洗礼,才清晰地辨认前行的方向。

◎生 长

一株青草,钻出泥土。

挥动嫩芽的手臂。

整个草原,生长绿色的火焰,渐渐笼罩解冻的四野。

转塔的阿妈,弯腰躬行。

一遍遍摇动手里的经筒。时光一天天取走她身上的热量。她的躯体,生长曲折的皱纹,缓缓覆盖往昔的路径。

我的脚下,越来越柔软了,甚至不忍心再走一步。

被微风吹送的气息,弥漫婴孩粘满乳汁的馨香。

我的呼吸,沉迷这圣洁的美味。

年迈的女神,端坐雪山之巅,为世间传送涓流和恩情。

芳草掀起生命的浪潮。我回顾今生,点燃酥油灯。

祈愿佛陀,返还阿妈以丰饶的年华!

◎妙　音

诸神经过,海螺的低音,回旋。

镀亮灵魂的灯盏。

青草蜿蜒,银子的佩饰叮当而来。难得的高原夏日,
有了短暂的温暖,白云的身子一片晴朗,溪水歌唱,金黄
的牧犬呼唤走远的幼崽。

辽阔牧场,脚步停下的地方,便是安放身子的家园。
岁月简单,就像三块苍茫的黑石:质朴的灶台,聚拢柴
火,点燃铜壶澎湃的血液,搅动生活的滋味。

一束马兰,朗读蓝色的课文。

露珠落地的时刻,安然开怀,噙着梦中的呓语。

一群蚂蚁,齐声喊出劳动的号子。

扎西尼玛,又名王生福,藏族,甘肃省天祝藏族自治
县人,甘肃省作家协会会员。作品在多种刊物发表,部分
入选各类诗歌选本。诗歌《河西的麦子》获第三届中国·
星星新诗大奖赛"星星校园诗苑奖"。散文诗获"全国十
佳散文诗人提名奖""中国散文诗人大奖赛提名奖"。参
加第九届全国散文诗笔会。出版个人散文集《高原深
处》。

◎天堂寺：花瓣里的寺院（外四首）

梅里·雪

八瓣莲花簇拥着，寺院坐在蕊里
当花椒把秋天从枝上摘下时
天堂展开一幅水墨寒烟的画卷
北山苍松挂雪，如梦
南山柏烟袅绕，似幻
一河的石头冻成了星辰，斜挂在天堂的腰间
鸽鸣抖落雪屑，从菩提的枝丫间洒下来
空行母殿前的白塔，是高出雪地的另一尊佛眼
鹰不见踪迹
七八只鸽子飞过金顶
一角飞檐
擦拭着深邃的蓝，转经的栈道上
有人数着前世的佛珠
背着今生的阳光　走进桑烟深处
听，大通河水念着自己的经卷
从不回头

寺院的墙是白的,盲窗是黑的
古旧的木纹窗框里一盆野菊蓝着，一盆
　　绸子花黄着
阳光暖照,桑烟缭绕
时轮殿的金顶仿佛离蔚蓝的天堂又近了
　　三尺
峡谷中,大通河水繁殖出形态各异的石头
与岸上的木雕宗喀巴大佛,相向端坐
都有坐禅入定的意愿

远处松林密植的山顶上,白云闲闲地飘
坐在大殿木板上擦拭敬水碗的紫衣僧人
右臂袒露,面带微笑
近前,看见一枚枚红铜的碗
干净得就是一面镜子
他说:相由心生,你内心如何对待世间
献给佛前的净水里就呈现你的样子
……
我若有所思,仿佛遇见一首诗
檐角青铜的风铃——
丁零当啷,仿佛一场欢喜

◎天堂龙石

活在一页佛经里,是隐在时光里的珍宝
岸上的大佛已坐定,我禅修在石头的宫殿
天堂寺的钟声叫醒我
来觐见一次宗喀巴木雕大佛的转世容颜
来邂逅一次诵经的上师
祥云游走的一日,我从大通河深处起身
众生目睹了我隐在经文里的真身
石头的心渐次打开隐秘,喜悦,柔软,慈悲
嘛呢,都说石头开出花朵
叭咪,都说万物有灵
光阴,都说流水的凿刀能雕刻时间
我的惟妙惟肖能照亮诗人眼里的词语
但我沉默
沉默在通灵的水中,像一次朝圣
离佛的距离近
离人间香客擦肩而过
我日夜赶行在风化的时光里
只在倒影中才看见自己的安静

◎ 天堂一日

天堂寺外,有广场,有和睦四瑞的造像
有广大的人间:
卖虫草的人,仔细刷去草虫身上的风霜
卖牦牛酸奶的女人,怀里抱着糖罐子
紫外线刺伤的脸蛋挂着高原的朴实
照相的,摆好填充的动物标本
假的皮毛,逼真,形象
真物一样大小,老虎、斑马、鹿
孩子们喜欢拥抱动物
他们专注于抚摸老虎尾巴,斑马耳朵
那个抓住鹿角不放的被另一个孩子咬了
　　手指
放声大哭时,寺院红墙下的一朵
蓝色矢车菊,忍不住
一瓣一瓣拆开了

秋天的时候

我多想让自己活得像野菊

在天堂寺的转经栈道旁，在佛殿外红墙下

娴静，清雅，迎着朝阳送暮色

天高云淡的时候

我让内心虚清一些，空灵一些

偶尔，用清风的指尖扯一扯飘过头顶的白云

雨天的时候，我就暗怀尘世的悲恋

悄悄地结自己的籽

等草籽们都成熟饱满了，我就躺在草木深处

紫的像梦，像时间

梅里·雪，女，藏族，本名梅生华。甘肃省作家协会会员。1970年出生于甘肃天祝草原，有作品见于《诗刊》《星星诗刊》《散文诗》《星星·散文诗》《中国诗歌》《草堂诗刊》《中国诗人》《诗潮》《天津诗人》《民族文学》《现代青年》《绿风》《西北军事文学》《山东文学》《青岛文学》《大沽河》《西部散文选刊》《青海湖》《甘肃文苑》《北方文学》《诗歌风赏》《散文诗世界》等报刊杂志。

天堂寺一隅

（外一首）

刘奎

金顶红墙的殿堂前
一棵菩提树安详打坐　诵经
一个来自西海固的诗人
在大通河正午寂静的阳光里淘洗灵魂

青海的风　翻开了甘肃的一页经书
一名做完早课的红衣僧人
轻轻合上了往事
一个生长在藏地的汉人
在佛的面前
为他的孩子
点亮了一盏希望的灯盏……

◎ 天堂寺之夜

黑夜按时来临了,像一只归寨的鸟
栖在天堂寺院的金顶
半个月亮醒来,正好落在牧人东柱的酒碗
寺院旁的一大片青稞,歪歪斜斜醉倒在我的诗行里
那个叫卓玛的姑娘,歌声藏着奶酪的清香

一盏酥油灯亮了,照亮佛的眼睛,一位褐衣僧人,
　　在灯下的经卷里
喊出我前世的乳名

　　刘奎,男,甘肃天祝人,生于 20 世纪 70 年代。笔名玉冰。甘肃省作家协会会员,天祝县作家协会副主席,2008 年开始写作,作品初见于《星星》《散文诗》《中国诗人》《中国诗歌》《绿风》《山东文学》《散文诗》《散文诗世界》《甘肃日报》《岁月》《甘肃文苑》《辽河》《山东诗人》《香港散文诗》《西凉文学》等。

天堂（组诗）

◎天堂：一盏灯燃烧的火焰

司玉兴

一片雪花，落在山坡的背后
一束阳光，打开流水的声响
阿沿沟，几只山羊蹲在山脚
它们裹在身上的云朵，去了哪里

马牙雪山，去年的积雪还在
药水神泉，流淌的血液还在
虫草，一再抬高内心的海拔
在天堂，你遇到一只蝴蝶或是一只蜜蜂
那是摇曳的火苗，那是行走的灯盏
——它能抵达一双眼睛的湿润

佛的额头，酥油灯不语
风落下，万物开始生长
你看，牧草的容颜多像月亮的情思

南拉的哈达，雪山的身影
一只鹰拉长镜头，按下生活的快门
大通河落脚的地方，桑烟升起
谁的歌声荡漾着春天的碧波

◎天堂:经卷里河水张望

是一滴雨,落在草原
越过一座山,
山下桑格让给草原

让风停下,云朵不语
让雾成水,人生路过岁月

风有时候就这样吹
风停下的时候,泪水也就停下

雨在眼前,花已盛开
我是你的哪一朵嘱咐

雄鹰注目,桑烟升起
阳光一再向上,天空一再向下
薄薄的雾后,一个镇前行的足音

尘埃落下,佛语开始
花的样子,让一个夜晚颤抖
它指向的地方,就是天堂

◎天堂寺：菩萨的指尖长着一双慧眼

金顶红墙深处孤寂——敲落
一座庭院悬着月光的清冷

法号和大通河水一同响起
酥油灯摇曳一个民族的刀光剑影
风将木鱼声吹得一干二净

磕一个长头，佛祖的指尖挂着滚烫的泪水
转一轮经筒，阿妈的信仰擦亮阿爸的灵魂

举过头顶，大师铺开人间佛光
紧贴大地，僧人怀抱一页经卷

◎天堂:酥油灯里飘出一朵祥云

大胆的壁虎盗来一株含羞的仙草
油菜花在抬往青海的花轿里哭了

大通河从远古信步走来——
经幡站立风口,佛珠转弯脊梁
大师捧起牧人长满山坡的困惑

万盏酥油灯摇曳,万个灵魂相聚
抵达十指的高度,光芒走完最后一程

苍鹰和羊群在卓玛的喉咙里完成轮回
云朵和格桑奔跑着来世的福音

莲花瓣里,佛祖的脚步越来越轻
天堂,苦难路过人间时在这里多看了几眼

◎天堂：青稞顶起佛的脚尖

十里之外　我们的谈话
落在鹰的翅膀　忽上忽下
大通河水　哪一滴被佛通化
卓玛的家园一粒种子走了

卸下疲惫　我们的脚步
错过青海的花儿　一前一后
点亮星星　万盏酥油灯高挂夜空
佛的额头最后一批青草睡去

痛饮这杯　我们的前世
在佛的掌心蒸发　若隐若现
十万青稞点头　你笑而不语
十万青稞跪下　你闭上慧眼

◎天堂寺一夜：我的静坐

经幡抵达云朵,牛群留在山腰
翻找秋天埋藏的秘密
一朵蓝色小花盛满阳光
牧草尖上,停着雨水的家园

想起一些石头,零乱排列
肋骨,河床之上的组合
诗人王更登加,他的掌心一片潮湿

路的尽头,是寂静和篝火
凌晨两点,一些谈话落在台阶
它们那样沉稳,我取消打坐的念头

在秋天,一些美好还在生长

　　司玉兴 ,男,藏族,1982 年生于天祝,甘肃省作协会员,天祝县作协秘书长,《乌鞘岭》杂志副主编。有作品在《诗刊》《散文诗》《星星诗刊》《中国民族报》《黄河报》等报刊杂志上发表,有作品入选多个选本。

◎天堂寺：铜钟敲响

银成邦

一

两手空空
风尘装满双眼
虔诚的心裸露
叩疼坐佛的前额

远离喧嚣
沉默的呼吸不再急促
经卷一页页打开
塔顶光芒四射
顺着佛指的方向
鸟群飞过

二

一百个身影三百个长头
点燃满堂的酥油灯

一种伤痛　一种奢望
还有尘世的厌倦
和欲说不能的心事
压弯鹰的翅膀

佛双眼微闭
阅尽世间沧桑
天堂与地狱
白昼与黑夜

一页纸的距离
磨碎断肠人的心

三

卸下沉重的包袱
丢弃一路苍凉
脚步像飘不起来的石头
慢了好几个时辰

牛角驮起的经轮铺满哈达
一瓣莲花守着白塔
触摸颤抖的灵魂
天堂寺　铜钟敲响
喇嘛们念念有词

　　银成邦,男,汉族,甘肃省作家协会会员,有
作品在各类报刊杂志上发表,现供职于天祝县委
政策研究室。

◎遇见天堂寺

刘永祥

转经的栈道延伸着裂隙
虔诚在佛音中散开
酥油灯裸露着骨骼
千年古刹的岁月剃走肌肤
风踩着殿堂屋顶的金色
从颂经的梵音深处经过
菩提树下　花格盛开
不再有紧闭的殿门
遁入空门深处
佛祖点化了膜拜的信仰
经过的影子在这里流转
一排星火在赶日
维系着生灵
喇嘛的歌谣悠远
无常像风一样的清苦……
影子里的跪拜
拉长了越来越重的心思
匍匐的额头在褐色中
始终祈祷一生里的平安
苍鹰嘶鸣
它在默数着从这里
走出去的人
并把一小片的阴影
运送到远方
风从天际吹来
小草晃动

在广袤里抱紧安宁
藏炉的热情在桑烟中燃尽
瞭望着没有乌云的天际
如同站在圈门口的老阿妈
守望着暮色中归来的羊群

刘永祥,男,藏族,70后,武威市作协会员,作品散见于各类报刊杂志。

天堂呓语

（二首）　　◎蝴蝶的传说

杨
大
立

一朵花打开季节
蝴蝶滩不再寂静
万千霓裳羽衣就是万千佛语
在一个清晨飘然入寺

蝴蝶的触角触摸佛的掌心
然后放大
眼点中千万尊佛其实就是一尊
心中唯一的虔诚

经历痛苦的磨难
一朝化茧成蝶
轮回中最后的日子
谁又知道留在心底的
就是她最美的样子

◎梦在山顶搁浅

风很温柔,温柔得像你的小手
夜很寂静,寂静得只有你的呼吸
这是一朵花的梦
托起今夜的天堂小镇

大通河的流水近了,远了
天上的星星明了,暗了
一个季节的等待
你来了又走了

婉转的鸟鸣唤醒小镇
那朵花的美丽
从此在菊花的山顶搁浅

杨大立,男,70 后,武威市作家协会会员,作品散见于各类报刊杂志。

◎天堂寺

王新军

一群喇嘛在青稞穗上打坐。一些真言在丰收里欢聚。

高原上的风吹红了喇嘛娘的脸颊,像佛经里泛出的羞涩。

一个喇嘛诵一段经,一段经里住一群吉祥。

大木佛在桑烟里沐浴,看见经筒里转动着虔诚,经幡里涌动着信仰。

会心一笑,佛音四起,春暖花开。

成群的信徒,站起又跪下,跪下又站起。

像极了天堂寺里的经书,拿起又放下,放下又拿起。

这世间的冷暖,竟都逃不过人的佛眼。

一步一叩一佛陀,满山开遍格桑花。

世间祈福,人间天堂。

王新军,汉族,1993 年出生于藏乡天祝。作品散见于《诗探索》《飞天》《散文诗》《中国诗影响》等近百家报刊媒体。入过选本,编过文集,获过奖。现居甘肃天祝。

◎ 如果能在雨前赶到天堂寺（外一首）

常羊吉卓玛

如果能在雨前赶到
我一定踏上木制的栈道
把向往的天堂寺环绕

如果能在雨前赶到
我必在天堂寺高高的台阶歇脚
致谢每一位佛过往的微笑

可是啊！我没能在雨前赶到
我来的时候雨也刚到
天堂寺完全被烟雨笼罩

一滴雨连着一滴雨挂满发梢
大通河百里烟波浩渺
我在对岸没能说出雨前的祝祷

◎ 雨中天堂寺

雨还没停
可我拜佛的心切
我不去青海的茶卡盐湖
我知道雨中的天堂寺更为幽静
我想雨中漫步
撑一把花伞在山腰的栈道
嘉仪活佛还没到
可我许下了来世的心愿
彩虹的一头跨过大通河
我听到了仁波切诵经中的箴言
一树一菩提，一雨一梵音
我才知道这是雨中的天堂

　　常羊吉卓玛，女，藏族，70 后，笔名华
锐央卓，武威市作家协会会员，作品发表
于《天马诗刊》《乌鞘岭》《胡杨》《甘南日
报》《西凉晚刊》《武威日报》。

◎ 天堂寺

朵贡保

宗喀巴大师的慈悲
在天堂寺一株檀香开始纷纷洒落

大通河奔涌
骚动的尘世在佛的掌心趋于平静

执一盏清茗静坐在流年
耳畔早有琴音在农家院的角落飘过

却道是：故人有歌，——来说

朵贡保，藏族，生于 1978 年 8 月，天祝县作家
协会会员，作品散见于各类报刊杂志。现供职于
天祝县社保局。

◎ 天堂寺（外二首）

赵成梅

酥油灯照亮了天堂寺
点燃了佛祖的双眸
四瑞和睦交汇的刹那
卓玛的山歌像格桑花一样
开遍了丹霞
芬芳飘满山头

青稞酒在你的笑颜里
醉倒了蝴蝶滩也醉倒了摄影家
那个叫蝴蝶滩的地方
翅膀
带你飞越了朱岔峡　大通河
我的思念飘落在河面
潺潺流淌
吟诵着红衣喇嘛的经筒
高原圣地　天堂寺

◎ 大通河畔

光阴斜铺在河面
时动时静
天堂寺的经声隐匿在河畔
时光忘记了的那半截
比河身还长
两名在苗圃锄草的农家妇女
无拘无束地谈笑
头巾裹严了高原的紫外线
也包裹着稳稳的幸福
一浪风拂过
过往的尘事已被大通河冲洗干净
纯粹得像妇女的笑声

◎农家院

天堂寺的农家院

有一棵杏树,一小块菜地,一团芍药花中
　　间是煨桑的炉台

红的,绿的,黄的,白的

男人拔出一颗肥而白的水萝卜,一把青
　　菜,一小撮芫荽

女人将它们洗得一尘不染

四四方方的炕桌被挤满

一支原生态的酒曲已醉了尘世的梦

赵成梅,甘肃天祝人,笔名丫丫,武
威市作协会员,作品散见于各类文学刊
物。现供职于赛什斯镇拉干小学。

◎ 天堂寺印象

龙厦

天堂和人间
只隔着一道名字
我和朵仓部落①的卓玛
只隔着一道大通河

天堂的土地上
栖落着凡人俗事
和超凡脱俗的天堂寺

夜深了
黑帐篷的门帘
随着卓玛高亢的酒曲
从白塔尖上滑落下来
她的羊群
和我一起反刍着
乔典堂②千年的历史

清晨
在天堂寺
一滴露珠指向永恒
一条小路指向虔敬
一盏酥油灯指向命运
一缕桑烟指向轮回
一抹红晕指向玛雅雪山
指向卓玛宿醉的俏脸

注释：

①朵仓：华锐历史悠久的措哇（部落）之一，分居在大通河两岸。

②乔典堂：唐初建在天堂寺原址上的藏传佛教寺院的音译，后汉语讹传为"典堂寺"、"天堂寺"，据说这就是天堂寺名称的来历。

龙厦，原名关钊铭，甘肃天祝县人，作品散见《乌鞘岭》等刊物。

◎ 重逢，天堂寺

汪 芳

一

轻轻走向您，一条哈达延伸的地方
青山静静观望，大地写下流年
一处修缮的公路，一道随风的经幡
大通河桥，通向七彩天堂

一个人，一个行囊
一颗心，一段执念
千年的风里，天龙苑打坐
水池的缝隙，蒲公英清洗

二

大通河，流向远方
经堂檐角的铜铃，在风里响着
是年轮的印记，还是归来的少年

您的脚下，青稞匍匐
七色花束，种下晚霞
铺开的经卷绕过一盏灯的长度
回首处，绛红色衣衫的老阿卡
一座行走的丹霞地貌

三

斜阳跌落，天地寂静无声
一只鸟叫着晚归的牧人
仰望苍穹，一片叶子的安静

席地而坐,我是你身边的石子
轻轻安放最好的时光,留住灯火

汪芳,女,80后,天祝作家协会会员,作品散见于《武威日报》《乌鞘岭》。

◎ 经幡升起
（外一首）

杨
坚

第一缕阳光撒下，天堂寺醒来
达瓦喇嘛起身、净手、拜佛、打坐
大通河水走向经堂
门前菩提翻开《涅槃经》

经幡升起，青稞抽穗
天堂寺挣脱周围楼宇的包围
佛年轻起来

山峰支起如镜的天空
一只苍鹰的翅膀，扯开五彩经幡
扯开一片青稞和油菜田
蝴蝶滩不再安详

合上经书，整理僧裙
天堂寺，端坐静与动的轮回
讲述唐朝的历史

◎桑烟生成云朵的地方

翻过一道岭
桑烟生成云朵
之后是寺院,经幡和满山的绿

在天堂寺,我不是行客
佛像依旧,寺院依旧
大通河依旧

一双虔诚的眼睛
一双朝圣的脚印
寺院坐满三界

麦田铺满山坳
瘦马驮经云游
青灯下,经卷复苏

杨坚,男,80后,武威市作协会员,有
作品在各类报刊杂志发表。

◎ 天堂寺

张诚武

一缕初升的朝阳
和着格桑花味道的空气
路过天堂寺
让虔诚的灵魂
披上金色外衣
在袅袅的炊烟里
定格为一尊膜拜的姿势

停靠在大通河畔的松柏间
掬一捧佛水
品一壶清茶
弥漫着胜似"天堂"的仙气

一只惊起的神鹰
把寺院的钟声敲响
人世间所有的烦恼
随着木鱼声尘埃落定
无欲　无求
无思　无过
便进入了佛祖的庄园

张诚武,男,天祝县作家协会会员。作品散见
于各类报刊杂志。

◎ 天堂寺

辛文忠

红衣的喇嘛手捧祥云
酥油灯点亮远古的遗韵
山峦、云朵和虫草蠕动的季节
一朵花，在天堂悄然开放

佛光下，经幡摇曳
一些散落的叶子高过天空
高过羊群、河流和流失的月光

云慢慢散开，雾慢慢散开
天堂寺盛开的花朵，以石头的名义
嵌镶一面镜子，钟声再次响起

辛文忠，男，天祝县作家协会会员，
作品散见于《武威日报》《乌鞘岭》等报刊
杂志。

散文

天堂寺、马牙雪山、乌稍岭及其他（节选）

叶梓

　　于我而言，天堂寺是一座未睹其容就先闻其名的千年古刹。到达之前，我就知道它不仅是甘青藏区非常有名的藏传佛教寺院之一，而且因其是华锐部落的成长摇篮而久负盛名。在这个盛夏之日，我再一次从水泥、楼群、汽车与噪音充斥的世界里抽身而出，风尘仆仆地到达，将自己置身于猎猎飘动的经幡、袅袅升起的桑烟和盏盏点燃的酥油灯中间，置身于不绝于耳的声和鼓乐声中，混迹于稀少的人群中，拾级而上，抵达天堂寺的内核。在这座背靠宝瓶山、前映照壁山的恢弘寺庙里，我满怀虔诚与谦卑之心，从一座殿堂到另一座殿堂，潜心于塑像、雕刻、壁画和法器当中。因为是早晨，游客甚少，寺院显得出奇地静。薄薄的雾自后面的宝瓶山弥漫而来，仿佛给大地裹上了一层轻纱。在宁静的寺院里，我轻抚着转经筒，从右向左，虔诚地绕转……就在此刻，我与一位身着绛色服装的僧侣不期而遇，他正在专注地做着早课，淡定的目光里有一份自得其乐的陶醉感。我不由得想，他虽是小小僧侣，却是我们所有凡俗之人尊敬的师长，因为他在身体力行地教我们懂得：陶醉是人生的至高境界。在结束旅行后，我曾读到一份天堂寺的史料。史料记载：自唐代初建到解放初期，该寺历时1000多年，其间曾数度毁于兵燹，又多次重建扩建，建筑规模日趋宏大。据统计，1956年，该寺占地1500多亩，有佛殿14座，经堂40座，活佛昂欠有东科尔、嘉义、嘉若、八哈、玛其、阿

万、赛义、莫科、仓哇、德格、夏玛、达隆、华藏等 17 座，
僧人院落 300 多廓，房屋 4000 多间。殿堂楼阁、高墙
深院各有姿态，互为衬托，共同组成景象壮观的汉、藏
建筑群。出了天堂寺的大门，即是一些出售哈达、牛角
梳的小商贩。他们矜持而彬彬有礼，不像其他景点拉着
游客的衣襟去兜售的小摊贩。事实上，他们的存在恰恰
给宁静神秘的天堂寺平添了一份尘世之气。在远处哗
哗流淌的大通河里，清澈的河水与一块块洗得发白的
石头彻夜交谈，不知会不会惊扰天堂寺里的佛祖？就这
样，我与这座始建于唐代的千年古刹匆匆告别。

原载《丝绸之路》2009 年 23 期

叶梓，本名王玉国。中国作协会员。国家二级作家，
副研究馆员。出版有诗集、散文集 6 部。获奖若干。现
居苏州。

佛灯里的天堂寺

刘梅花

吴才生　摄

清水供

佛台上铺了金黄的锦缎，闪着温暖柔和的光芒，一直暖到心里去。铜碗也是金黄的，颜色却淡，也清冽，也透彻。两下里一对比，锦缎的颜色是世俗的，醇浓，实心实意。铜碗的颜色却是禅意的，清而逸，玄而虚。

七个铜碗，碗里盛满清水，供奉在菩萨前面。阳光，从窗子里扑进来，落进铜碗里，清水亮亮的，澄澈得银子一样。菩萨低眉，手持一支莲花，面含慈悲。

几百年寂寥的时光，仿佛沉淀在碗底，波澜不惊。静啊，那阳光，又扑进来几束，落在地板上，细细听，叮当有声。殿堂里却是幽暗的，佛像也在深幽的光线里，好像很遥远。一明一暗，光阴就立体了，可以触摸，可以折叠。

守着清水供的僧人，紫色的袈裟上也落着阳光，脸上也是阳光，衣袍的边角却伸到幽暗里，那么诗意。他是个孩子，顶多也就十一二岁，眼神清亮天真，却多了一份儿虔诚。

他踩着木头楼梯上来，哐噔，哐噔，脚步声在空旷的殿堂里有回音，久久散不去。阳光先落在脸上，袈裟上，然后，他又闪身进了幽暗的光线里，好像去了幕后，只留下阳光独自嚓嘟嘟响着。

他慢慢坐下去，袈裟一层一层裹在身上，那么繁缛，地板上堆着一堆衣袍角。看上去，他像一朵紫色的莲花，兀自盛开。木鱼声就清凉地响起来了，经文也念诵起来了，他沉浸在一个安静自在的境界里去了，与整个世界无关。殿里礼佛的香客，在他眼神里跟空气一样，压根是不存在的。

大概，这样的境界，就是修炼。清净心，七盏水，供养十方圣者及佛菩萨。

另一个僧人过来，又添了一行七盏水碗，口诵真言。动作那么缓慢，柔和，一点儿也不急躁。他的僧衣有点破旧了，紫色黯淡下去，却自有一股朴拙之气。弯腰的时候，胸前的念珠就敲打在佛台边缘，声音不脆，钝钝的，厚厚的。

一碗一碗清水，一句一句真言。佛菩萨在上，七盏清水供奉。佛浴足，身之清静。佛饮茶，意之清静。

还要供奉一枝鲜花，佛眼观赏，庄严圆满。还要点燃檀香，佛鼻闻，具法身香。还要点燃酥油灯，佛照明，除无明障……

佛喜悦，万物生灵，终生皆受护佑，增加福报和智慧。水代表清静心，心要像水一样干净，像水一样平等。心清净，平等，就是功德。水是甘露，也代表空，能显现一切，但本质是空。

七盏清水铜碗一字排开，像七朵莲花，澄明禅意，阿弥陀佛！

酥油灯

　　铜灯盏尚且是空的，清亮亮地盛满阳光。棉花的灯捻，一捻一捻添进去，排好，齐齐的，摆放在桌子上。桌子上金黄的油漆脱落了，桌面斑驳衰旧，但擦得极为干净。小壶里是融化了的酥油，黄澄澄的，一盏一盏注入铜灯盏。

　　酥油缓缓凝结，僧人合掌低低念诵，唵嘛呢叭咪吽！一盏酥油灯，六字大明咒，蕴藏了天地之间的大能力、大智慧、大慈悲。佛家说，念诵唵嘛呢叭咪吽，能够清除贪、嗔、痴、傲慢、嫉妒以及吝啬这六种烦恼，堵塞六道之门，超脱六道轮回，往生净土而证菩提。

　　我们俗人，几乎一辈子就在这六种烦恼里扑腾，搅缠不清。日子越来越离谱，牛奶里可以加毒，羊肉是老鼠肉冒充的，鸡蛋是人造的，老人倒地不敢扶……

　　突然就想，生活里的恶，怎么这么多？也许，心中没有敬畏的时候，祈愿变成贪欲的时候，做事没有惧怕的时候，蔑视一切善念的时候，日子就跌入扭曲状态。恶人，是一种心智不清明，诸事混淆不清的人。

　　世俗里，多么需要来点燃着一盏酥油灯！

一盏酥油灯告诉你：坏人的心，不可有。造孽的事，不可做。远离邪淫恶行，保持一颗草木心，本真心。

一盏一盏，酥油灯点亮了，火焰扑闪着，大殿里一晕一晕的光团，也是金黄色的。金黄色，一种庄严尊贵的颜色，代表光明，是佛发出无量的智慧光芒。

然后，是空空的偌大的宁静。偶有檐下的风撞击门楣，轻微的，啪一声。这是佛菩萨拍了一下手掌，击打了俗人的脑门一下。清醒的就啪一下醍醐灌顶了，混沌的兀自混沌。

佛前跪拜，点燃三盏酥油灯。我宁愿相信，生活还是美好的，我们的心是不受世俗名利污染的清净心。

大殿外面，阳光明亮。一个老老的僧人蹲在墙角，掰去陈年洋芋上的嫩芽。

另外一个小僧人，七八岁，腰里系了金黄的布带，一头绑在树上，弯腰下到地窖里去了。紫色的僧衣慢慢降落，降落到地面下。一会儿，地窖口冒出来一个篮子。篮子里的洋芋，芽子疯长。老僧人一个一个掐掉白嫩的芽子，放进另一个篮子里。小僧人爬出地窖，两人促膝坐在阳光里，摊开那些发蔫的洋芋，晾晒。

大殿里的木鱼声敲击在五月的光阴里，一排酥油灯，火苗跳跃。佛什么都不说，只让灯花盛开。

盲
窗

寺是藏传佛教格鲁派名寺。盲窗随处可见。

从外面看,木格窗子,窗棂上涂了金黄的漆。窗子却是封闭的,底子是湛蓝的颜色,或者是绛紫,外圈的窗框一律黛青色,显得庄重神秘。

整个建筑的底层,全是实实在在的盲窗。沿着墙根走过去,盲窗一个接着一个,素淡,朴拙,有着与世隔绝的拒绝。这样好看的窗子,却看不透屋里的情景。佛家的悟性极为重要,这样的设计,内有乾坤,忍不住让人猜想,慢慢琢磨。这个过程,也算是悟。

窗子的颜色那么绚烂,见着心悦。远处看,一个个的窗子都是真实的窗子,看不来它们是盲窗。只有走近了,细细看,才知道是实心的,不空,不透亮。

走近一扇门,也是盲门。门框依然是金黄的颜色,木头泛着光阴的气息,有些沧桑感。门内是砖瓦砌实的,没有门扇,依然涂了湛蓝的颜色,纯净,肃穆。

没有一颗虔诚的心,无法走近盲窗和盲门。

盲门的左边,留着一道窄窄的楼梯,可以上到二层楼去。楼侧面,依然是盲窗。我突然觉得,盲窗无处不在,使我懵懂的心昭然若揭。我不知道佛家的大慈悲,不知道世界的大智慧,蒙昧的眼神,四处探求。蒙昧的心,不知道怎么悟透偌大的佛。

对于我这个俗人,心窍尚未开启,智慧尚未抵达,只是来朝佛,来叩拜,无法参透智慧的真谛。我的心,应该像这扇窗子,虽是有窗子的形状,却未打开,未能看到天地之间的浩然气脉。也许,窗是一种意向,是心灵的窗户。智慧之窗未开启之前,我所看到的,都是蒙昧的,都是虚假的。

也许,对于佛家弟子,这样的盲窗,是将世俗拒之门外。窗外的世界,纠缠不清。你总是注视窗外,怎么可以潜心修持?窗外花要开,鸟要鸣,雨水要滴落,姑娘要唱歌。有一扇通透的窗子,你的心智就移到窗外去了,怎么可以断绝凡尘杂念?

佛家弟子的心,要收拢起来,控制意念,要与红尘断绝。修炼不是一下子就可以抵达的,是一个缓慢的过程。所以,一扇盲窗,告诫僧人,心静心澄明,无杂念,不乱,才能靠近智慧。修炼,是用心去接受大自然的清风花香,去看见白云阳光。

沿着梯子往上走,到第三层,还是盲窗。拐过墙角,从左边走到右边,又是一道窄窄的楼梯。爬上去,豁然开朗,墙上的窗子顿然开启了!真是惊喜啊!

窗棂依然是金黄色,窗框依然是黛青色,却开启了,明亮亮的玻璃,简直想喊一嗓子。早晨的阳光也是金黄色的,照在天堂寺,整个寺院金碧辉煌,庄严肃穆。照在窗子的玻璃上,温暖明亮,直暖到心里去了。

心智的开启，也像这个升华过程。一开始都是懵懂的，慢慢地修习，慢慢地坚持。盲窗提示我们，看不见，就把心静下来。看不见，尘世的烦恼就少了。心清，耳根静，头脑不乱，则心生智慧。有了智慧的支撑，心窗顿然开朗了。心要清明，眼睛才能明亮才可以看到万物的本真。

佛的最高境界不是抛弃凡尘，而是心生智慧，明晓一切道理，通晓万物心音。修持到了这样的境界，则是大慈悲，大智慧，心灵跟佛相同。

顺着玻璃窗看进去，大殿里空空的，一个僧人也没有。酥油灯明明灭灭，在佛前闪烁。进到殿里再看窗子，很高，很远，只能看到蓝天。一束阳光斜斜涌进来，光影在大殿里杵立，像柱子，依然觉得光阴是丰盈立体的，可以触摸的。众菩萨，就是踩着这束流光，下凡降落到大殿里来的吧？

最后一道盲门。拐过去，门也开启了。木头的门扇，厚厚的，轻轻推，吱呀响了一声。我们常把佛家叫空门，观无我，一切诸行不真实、不常、恒空。从盲门到空门洞开，也是一种心灵的超越吧？心灵经过了时间的打磨，依然虔诚不改，依然不受外界的迷惑，一花一世界，一叶一天堂。似门非门，似花非花，接近智慧的时候，就知道了自己，空门洞开。

但是，门楣很低，你得低下头，才能走过去。开启了心智，就懂得了敬畏万物，敬畏天地。一道低低的门，提醒你，低下去，是虔诚之心。门外是斜斜的楼梯，很高，得仰起脖子看。看低自己，看高万物，这是修行。

爬上这道楼梯,前走几步,依然是一道低低的门。就算在大殿顶层,依然看低自己。屈身走过去,就到达了建筑物最高的顶层。站在高处,凉风习习,看得见对面青海的青山,苏鲁梅朵正盛开,看得见大通河的河水滔滔而过,浪花飞溅。八瓣莲花的山,围绕着天堂寺。蓝天上的白云,哈达一样,围绕着天堂寺。俯览群山,俯览整个天堂镇,心里油然升起一种感动来。当初的低,是为了现在的高。当初的盲,是为了现在的明澈。

　　风从青海吹来,吹到甘肃的天堂。风从菩萨的眉梢吹过,吹到我的发梢。慈眉的佛祖,端坐在五月的光阴里。我伏地叩拜,额头触到一缕奔跑的清风。

菩提树

菩提树下,僧人修行,思考,可以聆听到天籁之音。

菩提,意思是觉悟、智慧。修持的人忽如睡醒,豁然开悟,突入彻悟途径,顿悟真理,达到智慧的境界。

大殿门口,一棵枝繁叶茂的菩提树。我想摸一摸,但没有,只是心里的一个念头。树干上有一些字符,是天然生长出来的,我的凡俗眼睛,看不出来玄机。有人说,这是藏文的六字真言,还有汉文的佛字。

菩提树,是十世班禅八十年代来天堂寺弘法,亲手种植的。繁密的叶子,在蓝天下舒展。每一片叶子上,都生长着一句六字大明咒唵嘛呢叭咪吽!风吹一遍,十万树叶念一遍。风吹十万遍,心有灵犀,真言诵千万遍。啊!愿我功德圆满,与佛融合,阿弥陀佛!

我的朋友讲了这样一个菩提树的故事。

很久之前,她的老家有一座寺,距离天堂寺不远。山大,寺小,仅有一个老僧守着。僧人天天念经礼佛,清扫寺院。有一年的有一天,山下来了贼人,看准了这块佛祖福地。他们想把寺院变成自己的贼窝,就勒令僧人交出寺院。

寺院依山而建，几乎在悬崖上。僧人拒绝，关紧大门若干天不出来。恼羞成怒的贼人就去搬来火炮，在山下轰炸寺院。僧人在大殿礼佛，听见门外的火炮，悲愤地一把将念珠打在菩萨的脚上，责怪道：我天天念佛，天天拜你，可是这危机的关头，眼看寺院都被炸了，你还闭目养神，拜你干什么！

僧人拂袖而去的时候，听见背后轰隆隆响了起来。他回头，看见泥塑的菩萨慌张地着急地要走动了，脚面的泥皮都裂开了口子。僧人又责怪说：谁让你自己动身呢，你显灵震慑贼人就行了。

轰隆声停下了，泥菩萨依然端坐佛台。佛光一闪，停留在大门口的菩提树上。贼人的火炮直直地射过来，落在菩提树上。菩提树的枝条柔软，树叶繁密，忽一下又反弹回去，炸弹在贼人群里爆炸。如此三番，火炮弹都被反弹回去，寺院毫发未伤。贼人大惊，认为菩萨显灵附在菩提树上了，四散逃走。

从此，天祝的寺院里，都植有菩提树。菩提树是菩萨的树，禅意的树。天堂寺的这一棵菩提树，更加神奇，树上能显示六字真言，这些神秘的花纹，该是佛祖的旨意吧。

放生羊，放生牛

　　轻易看不到羊群。它们，像世外的生灵，偶然间，在天堂寺背靠着的莲花山顶上忽然一现，转瞬又不见了。若能看见放生羊的人，是幸运吉祥的。因为放生的牛羊，代表着长生，幸福，不受拘束和伤害。

　　八瓣莲花山下，天堂寺酥油灯闪烁。八瓣莲花山上，山峰一座衔着一座，连绵无穷。青草疯长，鸟语花香。放生的羊群哪儿去了？放生的牛群哪儿去了？它们，来往于天堂和尘世之间，凡俗的人，轻易看不见。

　　牛羊在佛祖的脚下也会跪下。有时候，它们比人更加能感悟时空里的禅意和善念。老僧诵念放生的经文，清凉凉的，落在天堂大地。木鱼声一声比一声促，一声比一声疾，放生的牛羊，在佛音里身体微微颤动。它们感知了佛菩萨的慈悲吗？接受到了佛法的音波吗？一盆清水倾泼在他们的头顶，善良的牛羊，天有好生之德。从此，你们自由了。从此，你们回归到大自然里去吧！

　　获得自由的牛羊，撒开蹄子奔山上去了。山那么深，云那么美，天地那么广阔，怎么能容不下一群牛羊呢！

　　放生了的牛羊，都是佛菩萨护佑的生灵。它们自由地活一辈子，任其自然生老病死。山高水远，人不能伤害它们，不能打扰它们。

放生的人家，是因为水草丰茂，家里牛羊肥壮，在佛前许了愿心说，佛菩萨啊，我愿意拿出来部分牛羊献给大自然。因为它们，本来就是大自然的生灵。

老僧说，放生功德，不可限量。天下万物生灵，皆有佛性，只因迷妄因缘，遂使升沉各别，以渠生死轮回互为六亲眷属，改头换面不复相识。若能发喜舍心，起慈悲念，赎命放生者，现世保病延生，未来当证菩提。

佛说，众生平等。也许，今生放生一只羊，来世轮回，说不定成了你最好的朋友。也许，你放生了一群牛，来世，你的一生都是平安幸福。隔世的恩情，是要回报的。也许，一个背后使绊子的小人，毫无缘由地坏你的名誉，坏你的事情，是因为前世他是一头狼，恶性还没有消除。今生作恶太多的人，把自己的欢乐踩踏在别人的苦难之上，来世轮回成恶畜，也不是不可能的。佛祖一挥衣袖，就会把他们打回原形。隔世的宿怨，也是要讨还的。

一念慈悲，救一物性命。拥有悲悯情怀，佛家说，我心即是佛心，焉得不成佛乎！人若能懂得救物之苦，即能成就诸佛心愿矣。

有人给我说，他老家是个牧民村。年景好的时候，大伙合起来要放生一群牦牛，一群羊。我问，为什么是牛羊？他说：大草原上，马，骆驼，骡子，毛驴等圆蹄生灵为我们驮运东西，帮我们转场，驮着我们的家，它们是朋友。藏獒牧羊犬也是我们的朋友，所以藏族是不吃朋友的，只吃天神赐予我们由我们供养的破啼生灵，如牛羊。我们放生，也是感恩于天神的恩赐，感恩于牛羊供养我们的生命。

这样的话，真是让人感动。那些吃猴子吃熊掌吃珍稀野味的人听了不知作何感想。一个人的良心如果不泯灭，都会知道羞愧的。

这天早上，阳光金子一样垂落在天堂。我们在天堂寺最高的大殿顶上，默默凝视莲花山。许久，期望的几只放生羊出现了。高高山顶山，几只白色的生灵，绕过岩石，消失在青山背后去了。只一霎，已经足以让我们兴奋了！这是佛菩萨的羊，这是山神的羊，这是象征着幸福平安吉祥的羊！

天堂寺奇石

河水，星辰，日月。

天堂寺近处的山上，牧草青青。大通河的水，拿来很多的漩涡流淌。上游是水，下游是水。水上是漩涡，那是水的心跳。水下是石头，那是水的骨头。

水里，是天空的倒影。水在奔跑，一直在奔跑。山口吹来的风，呼啸着水的味道。水跑向峡谷深处。

水落石出，奇石半隐水中。水把自己的骨头，雕刻成龙的形象，放在松软的阳光里。这奇石，藏着多少神秘的传说？圆润，光滑，晶莹，仿佛一条盘旋的蛟龙，身体里是一河水的奔腾。

这奇石首尾相抱，蛟龙盘桓，盘桓在时间和河水里，多么让人惊叹啊！

一方水土，一方人，还有一方的神灵。奇石的灵魂，在清澈奔涌的水里游走。似"龟驮宝盆"、又似"龙护宝盆"。古老佛经中记载着，这是大通河河神供奉给佛祖的"美玉聚宝盆"。

天堂寺高僧世代相传，此聚宝盆由大通河沿岸十三位佑寺山神之一——阿弥热高山神护卫。每逢枯水季节，阿弥热高神山下的大通河水面就会有寿龟驮宝盆的奇石显现。这是地方兴盛祥瑞之兆。

这奇石，是随着视线的角度变化着的。是天上下凡的星星吗？初看啊，形似一乌龟背负一莲花状宝盆，盆内注水，酷似一巨型砚台；移步，再看啊,又似一卧牛;再移步走,再看啊,似一神龟守护着一朵莲花。多么神奇的石头啊。石头的世界亦是神秘的,这么重的石头,百吨重的起重机才抓捞出来。

扒开时光的水纹,刨开岁月的落叶,巨石才清水出芙蓉。大通河的水汽,被风吹落在大山的肤褶里。奇石上岸,天堂寺里佛音轻起。

山围成莲花,水聚成莲花,石头长成莲花。山野寂静,天堂寺上空,云彩缭绕。

这奇石里,有莲花的茎脉,有龙的灵魂。沧桑阅尽,是临水而照的淡然和和蔼。

河流有水的翅膀,大山有青草的翅膀,而这奇石,有一曲古筝的翅膀。温暖,润泽。

大殿

大殿顶上，是双鹿跪伴的八辐金轮的佛教徽相，它发出的光芒象征着佛法，象征着佛教教义在寺院里得以传承，金轮也永不停歇地旋转，普利群生。

两只小鹿，目光恬静谦和，默默跪在金轮两侧。鹿，是善良温厚的，这样虔诚地跪着，不仅是祈愿佛陀正法久住世间，也是对这个世界充满了敬畏之心。

大殿下，跪拜佛。那一刻，自己是多么渺小卑微。这个世界，需要小鹿这样敬畏的心。

我是个与世无争的人，吃了许多亏，自己从不去争执。佛家说，吃亏也是福。被飞扬跋扈的人看作傻瓜，逼到绝境里，独自挣扎疗伤，也习惯了。因为很多人已经没有了敬畏心，就会无所顾忌伤害弱者，他们觉得自己很聪明。踩着善良者的肩膀，缺少良知的人一定很快乐。那就让他们快乐着吧。

其实，损人利己的事情，一定不要去做。损人还不利己的事情呢，更加没有必要去做。只不过很多人不明白这个道理，觉得自己一手可以遮天。要知道，天是遮不住的，白云清风是每一个人的。

印象最深的，是一幅壁画，猴子拉象图。当时不解其意，看了许久也没看明白。后来，读到一个作家的文章，才懂了。文章说，藏传佛教中认为，人是由一只猕猴转变而来的，而大象代表人类的思想。黑色是愚昧无知的意思，逐渐出现的白色则意味着人在佛祖的鞭策和教化之下意识形态的提高，即智慧和良知的产生过程。人的认识和智慧达到足可净化一切的时候，人便成佛。

天堂寺，是一座历史悠久的藏传寺院。乾隆皇帝国师章嘉·若贝多吉和土观·却吉尼玛曾在此寺修行。解脱大殿供奉木雕镀金宗喀巴大佛像，高三十五米。佛像庄严，慈爱。八头狮子举起莲花宝座，端坐着宗喀巴佛。紫色袈裟的僧人在大殿打坐。尕藏阿欧伏地叩拜，他太胖了，每磕一个长头，都累得气喘吁吁。

释迦牟尼殿，千佛殿、密宗殿、文殊殿、大经堂，多识活佛府邸，僧舍……

天堂寺，一座盛满阳光的寺院，朴素，虔诚，在时光深处听禅，打坐。在大殿门口叩拜，清气上升，心眼清明。天堂寺，我们来朝拜的，是佛，也是自己的心。

刘梅花，原名刘玫华。近年在《芳草》《散文》《读者》《山东文学》《红豆》《散文百家》等 40 余家文学刊物发表大量散文作品。多家报刊有专栏散文刊出。部分作品被转载，并入选多种选本、中考试卷。曾获第七届冰心散文奖、全国孙犁散文奖、甘肃黄河文学奖等多个奖项。著有长篇小说《西凉草木深》。出版散文集《阳光梅花》《草庐听雪》等。中国作家协会会员，甘肃儿童文学八骏之一，武威市作协副主席。

天堂手札

杨金辉

吴才生 摄

天堂小镇

　　春天的阳光,不骄,不躁,温温地落在天堂小镇上。镇子在暖阳的抚慰下,呈现温和的姿态,如一个教养上好的人,平静而安然地打量着世间百态。

　　走进镇子,风很轻,空气很润,舒适的暖意,如柔荑轻轻拂过。心境,顿时变得纯净而澄明。

　　环绕镇子的山,像是盛开的莲花。而镇子,就端坐在莲花的心里。山体涂抹了生鲜鲜的绿,似乎浸足了水,呈现玉的润泽。山和山连着,相互牵了手,环撑了蓝天,如一泓清透的湖水,澄澈如玉。而云呢,白得就如大朵大朵盛开的棉花,厚实绵软,闲闲的,似乎正在偷了空儿睡一会儿闲觉。所有一切,清透得叫人心生向往。

　　心想,梦里向往的瓦尔登湖,应该如此。忽地就有了很奢侈的梦想:在这小镇上择地建房,早上看看太阳,晚上听听水声。或者,就在这个小镇的阳光下,酣酣地睡上一会儿,做个短短的梦。

　　拐过天堂大桥,就走进了天堂街。临街房子们,都是新近修的,二层小楼,不高,却极整饬。白粉墙,佛教黄或孔雀蓝的屋顶,均点饰着暗紫和明黄色的藏族文化元素的图案,有着平民的低调子。白白绿绿、紫紫黄黄的色彩，与蓝天白云们照应着，看不出颜色庞杂的繁琐，倒有了相得宜彰的和谐。

小楼多数是商铺，经营着各自的营生。一家铺面，专门经营着民族用品。玻璃橱窗里，陈列唐卡、藏刀、酥油，各式的菩提串珠，还有绿松石及银饰品。诸如此类的，琳琳琅琅，色彩艳丽，多而杂。有些工艺精致，有些制作粗鄙，肉眼就能看出品相的拙劣来。这怪不了店家，在追逐利益的路上，处处存在良莠不齐。

脸膛红黑的店主认真地推介，哪是正宗的好货，哪是仿冒的地摊货。同来的友人看上一枚绿松石。店主阻拦着，说是用粉压的，不是纯正的。诚恳的态度，叫人恍惚。主人家好像不是在卖自己的货，倒像是评判别人的东西。他还说，看上想买也行，不买随意看。若诚心要的话，他帮忙去别家店里调几样真品来。

醇厚的酥油味道，极浓重，弥漫在所有的缝隙里，硬生生地钻进鼻孔里。原是不喜欢这味道的，生活得久了，喝多了藏家的酥油奶茶，走近了藏族人民的纯朴正直和崇美向善的生活，潜移默化里也渐渐喜欢并接纳了酥油，慢慢体会到它有些怪味后的真味醇香。

店正中挂着一幅羊皮画，画上白牦牛的披毛顺溜溜的，与着了天蓝藏裙的卓玛温顺地相依。一米黄澄澄的阳光，斜斜地伸进店里，光线里能见到粉尘星星点点地上浮下飘。浓浓的藏香味道，厚而重，让人微醺。心里想，这画上的牦牛可真是幸福，能晒着天堂的太阳，还被温柔的姑娘宠着。

看上一串菩提手链。店里的女人说，这是星月菩提。细看，每个菩提籽上，有一大眼和数不清的小眼。据说，大眼就是月亮，小眼就是星星。或许，本来就喜欢菩提吧，又多了"星月"两字，更喜欢这兼有着木和骨的质感，便不加犹豫地戴在腕上。管他呢，在一个名叫天堂的镇子上，碰上了串菩提的手串，算是一种缘分吧。就像是在合适的阶段碰上了合适的人，心里的喜欢，挡是挡不住的。

天堂广场不大，但有一种平静宽博的气质。最中间是一雕塑：一头象，背负着猴，猴又背负着兔，兔再背负着鸟。周围用鹅卵石铺成的四朵祥云，环绕了四瑞，组成一个和睦友善的景象。同来的友人说，这叫"四瑞祥和"。

后闲来乱翻书，知道了这雕塑背后的故事。据说，某个地方，一只贡布鸟衔来一颗种子，抛到地上。一只兔子看见了，便刨了一个坑，把种子埋在土里。不久，种子长出了幼苗。一只在山林里玩耍的猴子看见了，用树枝杷幼苗围护起来，并拔除四周的杂草，保护幼苗。一头大象看到这一情景后，每天用长鼻汲来山泉浇灌。幼苗在它们共同精心呵护下，长成了参天大树，结下了累累硕果。四灵瑞兽又将收获的果子分给山林里所有的禽兽共享。在大家齐心协力下，它们的生活风调雨顺，四季安康。

四瑞祥和，多么好的意愿。团结友爱，和睦相处，互相扶持，互相成就是永远的道理。信仰原本起源于情感。有四瑞镇守的广场平静安和，有四瑞启示的心灵，更应该光明透彻。

如果每个人的心境里，也置一幅四瑞祥和，那么这个世界会有多好。想想啊，人好了，家就好。家好了，国就好。国好了，人更好。真的祈愿，四瑞祥和，四时安和，四处平和。

广场四边有树，几株高，几株矮。高一些的是松、柳，低一些的是柏和榆。间植了连翘、丁香和一些叫不上名称的灌木。丁香花始开，没有开到繁茂，却也很旺盛，香气浓到袭人。

正是时和岁好、春行吉祥时节。暖阳普照处，所有的树木、花草一律隐了欣欣向荣的蓬勃，入定了一样地享受光阴赐予的安和。

游人不多，三三两两的，很闲散地走动。多数是来敬香的，衣着朴实。从外貌上分不出来路的远近，却一律显得不慌不忙。有的蹲下，似乎看花，又像是不看花。有的抬眼，定定地注视着寺院，静静地谛听远处的经声。

远处，大通河水哗哗轻喧。近地，杨柳树叶娑娑轻摇。似有风拂过，不闹，反倒感觉更静了。风的声音很静，花开得很静，人走得也静。所有的喧哗，都在无声地隐退，安静似乎来自骨头的深处。莲花样的山，聚拢了一块祥和的平地。

广场东面是正大的天堂寺。寺后的靠山，若莲瓣初绽，又像佛的手，款款地端捧了寺院。山体苍绿，如一抹底色，映衬着寺院的金壁辉煌。寺院的顶上，闪着流动的金波，泻下缕缕温和的祥光来。几只金色的小鹿，温顺地跪了前蹄。紫白两色的墙壁，界域分明，端敦而厚实。木鱼声四起,清脆如天籁之音。经声里,寺院庄严肃穆得如同一幅油画。

广场上,间或有僧人步过,一个,两个,或三个。他们理着很短的头发,着了褐紫的僧衣。老的,年轻的,还有少年,与衣服颜色相近的脸膛上,波澜不惊。一律向前,微倾着身子,不言不语。沉稳缓慢的步履里,带着修炼的谦恭。

偶有低语,也如清风,静静地掠过湖面。

这静,让整个天堂的光阴慢了下来。这慢的味,天堂有,也只有天堂能有。

随意走在小镇上,感受天堂的光阴。思想散漫,沉湎在佛教的紫色里。看世外的光阴里,人们四处奔波,在各种欲望里徒劳。可是这个叫做天堂的小镇,却如一处世外的桃源,人心如初。

天堂,天祝最美丽的小镇。树木,花草,河水,人家,在这里相濡以沫着,忘了江湖。

一个小镇,能有天堂这么美好的名字,一定有配得上称做天堂的理由。

天堂杏花

春天的天堂，是杏花的天堂。

远远地看，依山静卧的村庄，杨柳萌青，杏花菲红。杏花，疏疏地长在靠东的山坡上，斜依在人家的院墙上，很入画。原本苍黄黄的北方小村，添了这杏花的斜影疏枝，竟生出了些远意，添了些散淡。看着看着，竟有了些面对烟雨江南的恍惚来。

初春的阳光，静静地泻过山的缓坡，将亮亮的金色镀在村子里。极平常的杏花，在暖阳的抚慰下，开出了鲜润的精神来。红的，是将绽未开的蕾，正努了红丢丢的嘴，按住性急，隐忍等待。粉的，是热烈盛开的花，或许还沾着清晨的水雾，湿漉漉，有着胭脂的粉嫩。白的呢，已经接近衰败，快要完成使命了，一幅听天由命的淡然，待在树上也行，落在地上也行。

天堂杏花开时，其它的草木们还都没有睡醒。即使阳洼处几丛性急的草儿发了发芽，也还是怯生生地躲在旧年的荒草下探头探脑。杨柳枝梢，也只萌了浅浅的黄，似乎在探摸着这早春的阳光是否变暖，那风还是否如冬天般有刀子般的凌厉。这杏花儿，还开得真是时候。它就是春天派送到天堂的信使，要不，又怎么知道春天是否已经到了天堂呢。

走近处看，杏树的枝干很苍老，有着粗劣的皴皮。说真的，单独地看，其貌真的不扬，并没有太多的风韵情致。可是，在这西北早春里的黄土地上，不见花儿红柳叶绿的，入眼的不是三三两两的黄土农房，就是发了黑的干草垛，那些拴在门口的老黄牛和小黑狗，都在睡意蒙眬地打着盹，处处是单调的沉闷。如果没有杏花的点饰，还真的有些暗沉的苍衰。这杏花，在村庄里闹闹地开了，让土陈陈的乡野有了鲜亮亮的生动。

人少，是现在所有村庄的特点。庄子太静了，也有些陈旧。太过的寂静，太过的一陈不变，时间一久，便多多少少会让人无缘由地感觉空洞和茫然，心灵也会变得压抑甚至绝望。很多的时候，人们需要安静，但也需要热闹，更需要美丽。物极了必反。而这杏花，在初暖乍寒的早春里姗姗地开了，就如天堂里偶尔早至的仙女，无意间舒缓了这种沉郁，补救了单调。

用相机拍了，一张张照片，竟然幻成了一幅幅宋人山水小品。黄土小村里，这块疏柳几棵，那儿杏花的绯红。简简的美，疏疏的境，远远的意，就自然而显了。

有些悔啊，没有正经地习过画。如果能，这一株杏，两头牛，三间房屋，疏疏几笔，随意点簇，便是一幅简约的写意画了。置在案头，补缀了生活的单调，闲时看看，想想天堂，生活自会多些颜色。

是杏花成就了村庄，让平常的村庄有了些许诗意的美。想想，也算是因缘巧合。很多的时候，物与物间，人与人间，需要相互的补足，相互成就。你好，我好，他好，大家好，这是生活的法则，需要大家去思量和遵从。

杏花，花形与梅桃相仿。花瓣单薄，花蕊纤细。弱弱的美，有初生的婴孩般的柔软细润，让人心顿生爱怜，即刻柔软。色呢，又介于梅桃之间。含苞时纯红色，开花后颜色逐渐变淡，花落时变成纯白色。道白非真白，言红不若红。说准了杏花的色，那是一种很温软的色，薄薄的，没有厚度，也并不单薄。杏花，有一丝梅的清寒，却无半点桃的喧闹，教人理性平和。

　　杏花一边开着，一边凋着。树上的花，静静地开，粉粉白白，密密实实的，长成了伞的形。落地的花，轻轻柔柔地洒下，满地都是，覆了树下的地，若落了薄薄的雪。人少至，落花完好，还有些精神。捡起，轻捻，滑腻得如同胭脂。几只蚂蚁，急慌慌地穿梭在花叶间，一阵在看见，一阵看不见。

　　这代表春意的杏花，应该是葳葳蕤蕤的。可是这天堂里的杏花，根本无意喧闹争春、竞芳斗艳，急吼吼地想去讨好谁，只是那么闲闲地开了，散散地歇了。清清远远的，一幅随性无意地盛开和凋落。杏花开，杏花落，看不见太大的欣喜，太过的伤情。难道杏花也明白，这是造化的宿命，得认。

　　是啊，花开，不要太过刻意，也无需过于肆意。一朵花，低调地开放是最好的。你看，梅开得太傲了，似在高处，不胜寒啊。桃又开得太闹了，俗得到低处了。而昙花呢，又太高调了，是那么惊鸿一瞥，便倏然而逝了。

　　这花开，多像是做人，高也不成，低也不成。得择一个合适自己的方式，好好地开。

　　人，该花红时，就花红。该柳绿时，就柳绿。到了该放下的年龄，一定要懂得收手敛心了。青春年少，如杏花红蕾。青年葳蕤，则如枝头的花，想怎么尽心，便怎么尽心。中年渐过，便淡如落花，悠然来去。年老了，还背负一颗俗心，去争，争名，争利，争心里不服的那口气，一定会伤着自己和他人的。

看过民国时一组美人的照片，那叫个倾国倾城的。细阅读她们的经历，真的就是一场团花簇开的花事。美人如花。盛开时，万人注目。凋零时，尘泥一片。一味地向上，努力，盛开，不懂敛约和回收，结果，往往与期望是反向的。

想起一个友人来。总说，想把自己活成一株开着花的树。心里想，这愿望也真是太大了。想劝说，又找不到合适的说辞。只好由她。任四处地游走，风雨里来去。终是在一步步的，在凄风冷雨里受了重重的内伤，在六月的天了焐着电热毯子取暖，说自己凉透了，不要说做一株开花的树了，连一介精神的草都做不成了。

世间荣枯，大都这样，有一定的路数。车有车路，卒有卒道。开花，有季气的定数。活人，也得按路数走。年轻时也不信，年岁渐长，回首走过的路，经过的事多了，便也信了。

同来的友人说，这天堂里开放的杏花，开得真是淡定啊。莫非，靠近佛陀的地方，花也早有了佛性。

呵呵，也许。花儿，自有花儿的秘密，自己并不懂。看着淡定的杏花，不由思考，关于今生，关于来世。也许，这里此时，花已非花。

花事如是，人如是。

记得初写字时，很喜欢草书，就如青春时恋上那个整天吹着口哨的少年，浪漫轻狂。一辆老旧的自行车，载了自己，轻狂地跑遍银川的新城旧街。年渐长，喜欢上隶书，迷在张迁厚重朴拙里，一天天地变得老成持重。中年后，倾心是小楷，在中规中矩的点横撇捺里，褪去了青涩、张扬，渐渐懂得了取舍、隐忍和包容，活成一块淬了火的老铁。

天堂的杏花，闲闲地活。许是近了寺院，听多了梵音，活出了禅意。好的宗教如是，教化育人。

阅读天堂杏花，渐渐心里清零了，脑子就通透了。慢慢仔细活着。活着，活着，也就明白了，人生的路，就如这花开花落，该经的，必须经。

正确的生活，无非就是个人的努力，加上顺应法则，走一条向善向美的路。

天堂寺

拾级而上，八个宝塔端坐在寺院门前。聚莲宝塔、吉祥宝塔、菩提宝塔、天降宝塔、神变宝塔、尊圣宝塔、息净宝塔、涅槃宝塔，八个塔，代表着佛陀降临到修成涅槃的八个境界。

带我们进门的老僧人说，天堂寺的全名叫朝天堂，原来也叫塔儿滩。塔儿滩，说明寺院的过往。曾经，天堂寺里经幡猎猎，宝塔连连。

肯定是的，一座寺院，怎么能离得开佛塔的镇守呢。

阳光下，寺院端端地镇坐着。寺顶上光芒熠熠，流光泻金。兀地，就想起《诗经·大雅·绵》里的"作庙翼翼"。也想起习隶书时，那横的波磔，竖的周正端庄，及撇捺的飞扬与收敛。庄严的美，阔绰而坚定。没有局促的小家子气，也没有宣扬的奢华，只是介乎中庸的四平八稳。在保证了大气是基本的主格调时，又保持了细节的繁缛。藏传佛教的宽博、包容与谨慎、节制，从寺院的檐顶上缓缓铺陈。

进了千佛殿，里面的光不强，有一些清凉和暗寂。一千尊佛，安然地静坐，并没有因为量的多而让大殿显得拥挤。高高端坐的宗喀巴木佛，法冠高耸，相容安静。佛的目光镇定辽远，似乎在平和地看着脚下的人，又像掠过人头，穿透墙壁，注视远方。二十三米的高度，让众佛隐后，众生仰视。

　　柏枝叶煨的桑烟，青袅袅的，有一种陈年的暗香，在佛前的空间里流散浮动。柏叶清味，和了酥油的浓香，厚重地弥散开来。一种叫人着迷的沉静安稳的气息，漫漶开来，时光变得高远而澄澈。似乎，外面经受的一些风雨，已经不再。那种忧心劳顿的重负，就豁然地搁放在门外的阳光下了。

　　而佛前点的酥油灯，明晃晃的。以成百上千的阵势，齐扑扑地燃着，火苗随着气流一阵向左，一阵朝右，明明暗暗地倏倏闪着。光影里，酥油碗摆放有致，散发着黄铜微暗的哑光。而佛台上铺着软绸缎，自然的微皱，呈出金黄柔亮的明光。一暗，一明，两种黄，将现实的光阴微缩在这尺丈之内。

　　人们安静地点灯，敬佛。就如在佛前缓缓移步的僧人一样，不慌，不忙。也许，他们的心里，正在专注地默念着六字真言。也许，他们在佛前点燃了灯盏，就已经点亮了光阴的暗沉。得到，或者失去，在佛的前面，已经变得很不重要了。

　　心里羡慕，多好啊，这不慌，不忙。世外的光阴里，人们疲于生老病死和各种欲望。到这儿后，就不知不觉中搁下了。也是啊，几千年的光阴都这么过来了，有什么着急的呢？生活，就该是不慌不忙，不疾不徐的。瞬间的明白，整个人变得舒缓下来。心境，立时就像是一匹丝绸，被轻轻地熨过了，变得妥帖妥帖的。

　　佛灯，佛灯，也许能照着前世和今生的因果。佛说，点一盏灯，就启一次智慧。念一次经，就消一次烦恼。人生来就是苦，苦的根源在于各种欲望。自己，本一俗人，难免在各种欲望里进进出出，纠缠不清。也想点盏灯，诵念一遍六字真言的。不为祈愿，只想借佛的灯，点燃一盏心灯，亮豁自己的心境。

　　同来的友人信佛，说一定要敬菩萨。那个右手持剑，左手捧莲，骑着狮子的法王子就是文殊菩萨。他是智慧的神。手里的金刚宝剑，能斩群魔，断一切烦恼，而莲花和花上的宝卷，则象征着菩萨所具的无上智慧。

　　谁不想尊重智慧，敬仰智慧？自己不是信徒，此时，也是极想的，想集大智慧于己身，思想清明，大彻大悟。

　　陪了友，双手合十，向文殊菩萨敬重地敬香行礼，在佛陀的地界上重重地敬重了一次智慧。心里是明白的啊，所有的敬修，并不是让自己变得如何聪明或更善于索取，而是应该让自己变得不忘初心，不断向美、向善，向好，不断地扶助和给予。

　　礼完佛，随意在寺院里走动。

　　思绪飘在在大唐的光阴里，幻想这千年古刹曾经千人诵经的壮观。那十三座经堂呢？那十七座囊欠呢？那天堂八百僧呢？这里的土地河流，这里的山花草木，是否还依稀记得这天堂里曾经飘动的荣耀与烟云？

　　院子里，一个稍旧的囊欠正在维修。墙面已经粉刷完了，依旧是纯白和暗紫两色，显得比别处醒目。高高搭起的木梯上，一个蓄了长发的藏族画工，正在耐心地绘着八瑞吉祥。宝伞、宝鱼、宝瓶、白海螺、吉祥结、胜利幢、金法轮、莲花，都已经具了初形。他左手端盘，右手持笔,细致地描描画画。不急不躁的,一副慢工出细活的样子,似乎要把时光绘成一个世外的桃源。那朵莲花,已经着上了宝石粉做成的颜料,正一瓣,一瓣,从他手下渐次鲜艳而隆重地盛开。

盯着那一瓣一瓣盛开的莲花,不由得愣了一阵神。心想,这莲花,就是最终修成的正果。八级啊,级级森严,步步维艰。这世间,人得修为多少,才能让自己的灵魂途经八难三厄,最后如莲样出落清灵,洁净盛开呢?

寺内的时轮殿,不算太大,也称时轮学院。隆重的修课刚刚结束,歇业的僧人们缓步而行,有序地踱出经堂。一律是身体微倾,目不旁视,似乎这世间早已无物无我。游人,香客,皆是远天的流云。而他们自己,也只是一粒轻尘,无需人的注视。

无缘亲见修课的盛大隆重,甚是遗憾。经寺管的同意,随意在寺院里静静观看。初看,似乎也没有什么特别之处。细看,却感到一种另样的深邃。玄秘的是,很多的墙壁上,有一些盲窗。这窗,有的除了清风和光影能出入外,依人自身所处的位置和角度,除了蓝天,或者偶过的白云,什么也看不见。有的,只是做了个窗户的样子。据说,盲窗隔断了俗世芜杂,有助于专心学佛研理。

时轮,时轮,说的应该是一切事物发展变化的规律。想想,这用心真是良苦啊。研修时轮,又怎么能心有旁骛呢?老子说了的:不见可欲,使民心不乱。其实,上天在为你关闭一扇窗户时,一定有它的理由。盲窗不盲,它只想让你凝了神,息了心地专心做事。

视，而不见。多么好的主意，做起来又多么不易。俗世的自己，如果也为自己在心灵上安置一眼盲窗，见自己想见的，不见自己不想见的，该也是件好事儿。怀揣理想时，在恰当的地方置上一扇这样的窗子，恐怕就会心想事成了。视，而不见，最终见，自己所想见。呵呵，这恐怕也得一世的修行吧。

释迦殿前，有一株白檀香树，树冠周正，枝叶婆娑，正兴旺旺地活着。檀身上搭挂了白的、黄的哈达，纷纷披披的，在微风下若裙袂轻摇。阳光下，叶片清绿，泛透着亮的光泽。阵阵幽香随风盈怀，浸心，入肺。

据说，20世纪80年代，十世班禅大师曾在这里搭台设座，讲经传法。事后，此地便长出了这棵神奇的树。据说，这檀四季不凋，寓意着天堂常青。

三十几年的光阴里，这棵佛祖的树，不紧不慢地生长。据说，慢慢地树身上长出汉文的"佛"字，而叶片上也长满了藏文的六字真言。渐渐，这棵祥瑞之树被人们尊为班禅神树。

自己不懂藏文，看不到经文。但真的就寻到了"佛"字。想想真是神奇啊，这么一块地，吸纳了大师的气息，就一点一滴地植入了佛心。这么一株树，贮存了佛的慈悲，就一丝一缕地输送到枝筋叶脉里，自带了佛性。

白檀树，旺旺地长着。眼前，叶片儿簌簌地摇着，歇了，再长，长了，再歇。近处，转经筒咻咻地转着，一转，两转，转了，再转。这摇一片叶，就是念一页的经。这转了一次筒，就是诵了一次的经。这一段段念诵的经里，让心里住满一片片吉祥。

随了人群,也转起了经筒。但愿转动了经筒,就转顺了光阴,理顺了生活。告诫自己,不忘初心,方得始终。心灵向着太阳前行,人生的路就不会走偏。

　　再看,大殿门前,有人正在磕长头。他们长长匍匐于佛门前,站起,又跪下,跪下,又站起。一遍又一遍,重复不止。持守,缘自信仰,需要足够强大的力量支撑。

　　自己的眼里,突然浸满了泪。本不涉宗教的,可是也在坚持着写经的,已经不下百遍了。喜欢经文如水,利万物而不争。喜欢经文如玉,磨砺了所有尖锐,温润和顺。抄经,不为祈福,不为问道。只是一遍,又一遍,观自在菩萨心。你看,菩萨,一直微笑在莲花的座上呢。谁不想,自己也一直微笑呢?

　　人生多寒露。这日子呢,过着过着,心就累了。可是,再累的日子还得过啊。若能清了心,将亘在心里的石头,化做微笑的莲花,与所有生活握手言和,好好活着,该是多么好。

　　来天堂寺吧。来一次,就算是修补一次俗世的心。来一次,就算是打理一次世外的光阴。

　　其实,心有阳光,哪儿都是天堂。

原载《西凉文学》2017 年第一二期,略有修改

　　杨金辉,女,天祝人,武威市作家协会会员,作品在《飞天》《甘肃日报》《书法报》等刊物发表。现供职于天祝县民族歌舞剧团。

天堂，绛红如温情的传说

梅里·雪

　　本康，藏语为"十万众佛的山谷"，这里有丹霞，这里是天祝这个高原县城的小江南，秋收时节，油菜籽和青燕麦刚刚收割成捆，竖在田地里，大通河穿行在峡谷，浑浊而湍急。

　　清晨，山谷寂静，有淡雾飘渺游走在山腰和田地间，在一条通往天堂镇的公路两侧，丹霞地貌呈现各种形态，有小麦积，有壁虎盗仙草，有象鼻山，有灵芝山，还有本康喇嘛。更多的造型还没有被人们识别、命名。大象无形，你有什么样的境界和想象，尽可以在内心为它们命名，也许什么也看不出来，就是一峰一柱的砾石，呈绛红色，温情如一个一个美妙的传说。

　　河谷深处，阳光最先打亮远处山头上静坐的本康喇嘛，那神情，像西方世界的佛祖，面相丰满，发型似螺，又似水波，又像十六国时期的石雕佛祖。阳光一照，佛祖一脸慈祥一脸微笑，真的感叹大自然的鬼斧神工，光阴历经多少风雨，将丹霞石雕凿成一尊佛。阳光晴好的日子他笑看人间，风雪弥漫的日子他替村庄担待着寒凉。

　　光线游走到山腰时，我碰到了一位穿着红衣袈裟的僧人，他正赶着几头牦牛从一侧丹霞石旁斜斜出来,让我恍然觉得这里是仙境。

僧人来自大通河对岸的青海佑宁寺,他要去深山的丹霞洞修行。看他背着水壶、吃食、柏香枝,身体也已羸弱,想必生活还是清苦。想跟着一起进山,砾石的沙路,若有若无的锻石痕迹,又有谁知道,它经历过多少沧海桑田,它身上踩过多少善男信女虔诚的脚印,又落过多少繁华与苍凉,它见证过多少远古与今世的山寺岁月呢?

僧人说,山那边是天堂,曾经这里庙宇连绵,古松苍柏环绕群山,晨钟暮鼓回荡在八瓣莲花的幽山清谷,曾有"天堂八百僧"在此修行问道。

行至半坡处,见一户一户错落有致的人家也依傍在丹霞石周围,石上有风雨侵蚀的大小不一的洞窟,像一只只眼睛,又像月球表面神秘的黑洞,有的洞窟也被农人利用了起来,存放着牛羊的青饲料——绿燕麦。

我想佛定然是欢喜人间烟火的。你看,牛羊已经出圈,山道上新鲜的蹄印儿像天上的星星,数也数不清。一条一条勒在半坡的梯田里,收割的麦捆似一个一个躬身听经的僧人,它们一年年来了去了,收了种了,诠释着有虚有空、有实有相、有轮回的人间生活。

有些人家用篱笆扎起院落,一排排篱笆墙上喇叭花、打碗碗花,八瓣格桑花,枝枝蔓蔓,开得寂静,欢喜。忽然,一声嘎嘎嘎的叫声,待向四周寻找时,看见半坡里有栅栏围起的菜园，园子里有阔叶的大白菜长势喜人。两只鸡站在上坡处，振翅飞进了花园，它们落在大白菜旁，啄一下肥厚的菜叶，喙就甩动几下，一大片绿叶就被吞进鸡嗉子了，阔大菜叶上留下许多窟窿眼儿。大公鸡啄累了，闲闲地一声长鸣。顿时，这山中每一寸光阴便显得这般闲散，清静。这大概也是佛护持的安详人间。

有一户人家，可谓拥石而坐，房子侧墙边伸出一块大大的丹霞石，看不出有什么形状，但石上有黄色、黑色的花纹，石层褶皱处却也生长着绒绒苔藓，仔细找，石缝处还有小蜗牛在睡大觉哩。

在家的主人是一位老阿妈，她不允许我扣动石上花纹，更不许引逗石缝中的蜗牛，仿佛这些生灵都是她的孩子。她伸开双臂做出请让的手势，其实是礼貌地阻止我们打扰那些小生灵。老阿妈要让我们一行人到屋里喝茶吃馍，一边笑着说："都是宝贝，都是宝贝。"真怕我们一不小心动了她石头上的宝贝们似的。

心下自是欢喜，石上花开着，太阳好着，阿妈善良安康着，佛自是在红尘处。

再走，就走近半坡上的黄刺丛了，这里一簇那里一墩，黄刺，叶子已被霜打过，一片彤红，果子也红着，挂着喜气。偶尔还能从一簇刺丛中看到山丹花，红艳艳的，它们肯定是佛祖或是神灵撒在人间的隐喻，抑或是他们留在人间的微笑，又或者是藏在山中清心修禅的仙草，望云，嚼霞，听风，饮露，那般神秘、空灵、而又清雅无限。

真可谓黄刺红花皆佛，白云流水是禅。黄刺、丹霞石、苍松互为渗透，互相参合，整座山氤氲着秋天的温情，空气里也飘荡出花草树木熟透的香味儿。

峰回路转，眼前奇石突兀，有两峰并排矗立，我看像马耳朵，同行的人说像笔架山，我的孩子说是胜利的手势，带路的僧人说那是天鼓雷音如来金刚缚手印，代表无所不容，无所不包。真是三人行必有吾师，我第一次听说有许多种佛手印，手印不同，教义不同，最终其实还是离不开慈悲、大爱、善、圆满和无私，也真是长知识了。在本康村遇到善知识，也许这是丹霞灵气所赐，让我在旅途中遇见另一个渺小且孤陋寡闻的自己。

说话间，山弯处走来一位拉马的老人，他要去附近的"药水"泉边饮马，一听说有泉，一行人兴奋至极，走得正累，都需要去品尝山泉水。于是告别了僧人，感谢相遇，感恩同行解惑。

还没有问那两座石峰，拉马的老人很健谈地给我们介绍，村庄里的人们称那奇石为"双足峰"。传说此地整个山形似龙驹驮宝，双峰形似马耳。很久以前山那边的天堂寺寺主五世东科活佛在此山修行时，曾看到过双足踩在马耳峰上的巨型大威德金刚现身，因人们相信此地是佛的圣地，留有佛的神迹肯定更是村庄的荣耀，所以喜欢叫"双足峰"。这是一种信仰，是对本尊上师无上的虔敬和尊崇，更是对神奇大自然的敬重与敬畏。

居住在十万众佛的山谷，朴素的人们更是愿意相信万物有灵。

　　一条草密、虫鸣的小路通至泉边，清冽泉水出自丹霞石群，许多绛红色的石头看似很随意地围起，石底下渗出细细涓流。老人说每个石底下流出的泉水功效却不一样，有的喝了治胃酸，有的治眼睛，有的平肝火，所以叫"药水"泉。

　　老人说，这里的药水和石门沟的药水神泉有点像，但又不尽相同，这里没有温泉，而石门沟的泉在冬天时水还是热的。这里只有清凉。在泉水流出的下游处，马儿扑闪着黑亮黑亮的眼睛，咀——咀——咀地吃着水，用水杯接来泉水，咕嘟，咕嘟几口，冰水从嗓子眼渗到脑仁子，凉透了，顿时，疲累乏热被卸去，整个人清爽，愉悦，美气。

　　想不到，在高高的山腰处仍旧有人家。石头砌的院墙，虽然是秋天了，黄色的刺梅花像打探陌生人的孩子们，一排排蹲在矮墙上，花下的石头墙边，松木树根刨平，做桌，做几，甚是有几分古意。几上有一碗熬茶，一碟炒豆子，一碟炒青稞，却没有人。一阵松香的原木味吹送进鼻孔，看见庄门两侧一绺整齐的松木柴垛，黄色的，有着阳光或者火焰的温暖，从大通河里捡来的黄河石斜依在石墙下，农家日子显得殷实、安稳。

　　墙角有一水缸，满水盈盈，走近一看，后山丹霞石，映在水中。

　　行至高处，一览众丹霞，峰峰连绵，有的绛红色，有的青灰色，有的山峰圆，有的山峰尖，高低错落，是堆叠的光阴，锈蚀成石迹。像人，像物，像兽，形象逼真，千姿百态，可随意发挥你的想象，你想象它们是什么就是什么。时光拎着刻刀，将密密匝匝的光阴刻在天堂的石头上，亿万斯年，丹霞存在着，守着村庄，守着百姓的麦田、菜园，活在光阴里。我只感觉心胸磅礴，充满着神秘、神奇的气息，放眼烟岚氤氲的远处，心旷神怡。

映衬丹霞背景的是远处一片金黄的桦树山，一岭，一峰，一条一条在山脊黄着，秋天的浓烈、绚丽在这里汇集，村落、田野、人家、炊烟……遮掩在山间。午后，天蓝，云白，多想自己化成山中的一草一木，与散淡的山风融合，与山野的静气融合。就做一朵花吧，在绛红的山谷中，在时光深处，开出世间圆满。那时，你来看丹霞，会不会看出我也是传说中"般若"花瓣的美呢？或许你什么也不说，因为，天地有大美而不言。更何况，这是在天堂。

天堂寺:匍匐在佛的脚下

贾雪莲

宋良勇　摄

听经的羔羊

天堂寺,我是你前世丢失的羔羊,在细雨里向你走来,匍匐在的你殿前,只为听一句大经堂浑厚的诵念。

寺前的"和睦四瑞"在雨中低垂着头颅,含笑不语。鹧鸪鸟、山兔、猴子和大象,相敬如宾,和睦相处。我从他们身边走过,不敢惊动佛的善果。和谐,是佛的启迪,更是人类生生不息的追求和理想。

佛灯摇曳,桑烟缭绕。天堂寺,大经堂,一双金色的羔羊跪卧在金顶之上,蓝天之下,细雨之中,侧耳,眼望沧浪的大通河,眼澈神明。经堂顶的雨滴,是佛手中捻动的佛珠,一滴滴散落前生的因果,转动今世的安念。经堂顶的羔羊,是万千华锐儿女虔佛的心影。

诵经声声,冲破金顶。听经的羔羊,你跪卧在佛的脚下数载,亲受佛的雨露,可曾见大经堂前老人手中发亮的念珠和膝上的补丁?可曾见千佛殿磕长头的妇女眼中的泪水?

法轮转动,白海螺吹响佛号,八个白塔待命寺前。

我也是一只听经的羔羊,每走近一步,就如一滴雨,渗入佛脚下的土地。

千佛殿的灯芯

宗喀巴，你木质的真身，银质的音容，金质的眼神，在云端之上，亦在众生之中。

来自唐朝的莲花，高傲雍容，立于佛的身后，不肯低下头濯一濯尘世众生。几千年来，谒佛的弟子，感受到了佛的温暖，却未曾触摸到莲的温度。

我来朝拜，却不敢抬头。

一万盏酥油灯肃穆端立，在佛的脚下明明灭灭。缘起即生，缘去即灭。藏族儿女心中向善崇真的佛灯，千年万年，从不曾熄灭，不曾油竭。

金黄的灯盏、金黄的酥油，一段洁白妖娆的灯芯。佛啊，你永远向下的金子般的眼神，将我融为佛堂里一段双手合十、百般缠绕的灯芯。

千年的梵音，将酥油灯的灯芯度为轮回转世的细腰女子。她点燃自己，开作尘世里未生的花朵。明媚摇曳的女子，舞动佛经里莲的姿态，一瓣瓣飘落的不是长袖，不是泪水；是真经，是风马，是佛号；是高原的雪花，是一万个朝圣者跪拜的虔心。

其实，我就是那千佛殿里，最安静的灯芯。

天堂寺的壁画,传承整个藏传佛教厚重繁绚的历史。你需要低下头颅,膜顶它的色彩。历史的手掌,抚过你蒙尘的头顶和心灵;宗教的真理,解开你混沌的眼眸和天性。

所有石质、金质、木质、水质的颜料,所有暗红、湖蓝、玄黄、沉绿的色彩,都为解析和浸透宗教的感召,描摹珍宝的瑰丽和神韵。

唐卡,是佛的弟子剖开的心。心丝细密、情感柔绵,需要更宽广的胸怀去感知和膜拜。

沉沉垂挂的卷轴,密密地讲述着佛祖的宽容,菩萨的怜悯,人的企盼、挣扎和最终的归属。六道轮回、十二因缘,生死流转、善恶之业。巨牙獠齿的不一定是恶,轮转不息的却一定是善。日月星辰、人间万象、爱恨情仇,一切都同时发生,有缘有由,无始无终。

白度母,菩萨的眼泪,雪山般洁白的七眼佛母,月光般清净,无垢光明,照耀世间。

藏八宝,宝伞、金鱼、宝瓶、妙莲、右旋法螺、吉祥结、胜利幢和金轮,佛的牺牲,佛的威严,代代相续,生生不息,护佑雪域儿女吉祥如意。

吹过金顶的风

风从雪山来。路过莽莽高原，路过大通河，吹进峡谷中的天堂寺。

风吹过八瓣莲花山，吹过马耳山，吹过八吉祥徽，吹过小布达拉，在释迦牟尼殿金顶之上久久盘旋。

金顶的风，听过许多传说，但它从不愿复述。"毒龙"、"却典堂"、龙驹驮宝、文殊宝剑、一百零八座镇龙塔、天堂八百僧、神龙石……它选择和寺院保持一致，安静、肃穆、干净。吹过金顶的风，它的盘旋，就是佛经的诵念。它转动"玛尼"石磨，淙淙流淌"六字真言"；它转动万千个羊皮包裹的转经筒，"嗡嗡"传唱吉祥圆满；它拂过万千个玛尼旗，轰然作响，地动天摇。佛悯苍生，幸福安康。

在风中跪拜的信徒，听到了最真的经义；在风中行走的石头，幻作守护一方百姓的神灵；在风中滔滔奔腾的大通河啊，滋润方圆千里土地肥沃、苗青木郁。

金顶的风，请拂过我的头顶。

天堂镇：『花儿』里孕出个真性情

天堂寺的壁画，传承整个藏传佛教厚重繁绚的历史。你需要低下头颅，膜顶它的色彩。历史的手掌，抚过你蒙尘的头顶和心灵；宗教的真理，解开你混沌的眼眸和天性。

所有石质、金质、木质、水质的颜料，所有暗红、湖蓝、玄黄、沉绿的色彩，都为解析和浸透宗教的感召，描摹珍宝的瑰丽和神韵。

唐卡，是佛的弟子剖开的心。心丝细密、情感柔绵，需要更宽广的胸怀去感知和膜拜。

沉沉垂挂的卷轴，密密地讲述着佛祖的宽容，菩萨的怜悯，人的企盼、挣扎和最终的归属。六道轮回、十二因缘，生死流转、善恶之业。巨牙獠齿的不一定是恶，轮转不息的却一定是善。日月星辰、人间万象、爱恨情仇，一切都同时发生，有缘有由，无始无终。

白度母，菩萨的眼泪，雪山般洁白的七眼佛母，月光般清净，无垢光明，照耀世间。

藏八宝，宝伞、金鱼、宝瓶、妙莲、右旋法螺、吉祥结、胜利幢和金轮，佛的牺牲，佛的威严，代代相续，生生不息，护佑雪域儿女吉祥如意。

"大豆花开下的白套黑，

青豆儿开下的紫葵；

朋友不是我常见的客，

一年里能遇上几回。"

每年农历的八月，天堂"花儿会"在天祝藏族自治县天堂镇蝴蝶滩举行。八月的天堂是花的天堂,人的天堂,更是"花儿"的天堂——气候温暖,绿草如茵,山花烂漫,人们穿着节日的盛装,带上酝酿了一年多的烦恼、收获、思念和爱情,去蝴蝶滩放飞自己心中最美的"蝴蝶"。

有深厚的藏传佛教文化作基石,天堂镇形成了民风淳朴、文化氛围浓郁、包容性强、容易接受和融合的地方性格色彩,有适宜"花儿"生长、繁茂和发酵的土壤。每年的花儿会上,毗邻的青海省互助、民和、门源、湟源等几个县的"花儿王"们都会迢迢而来,一展自己的歌喉。

那几天,仿佛天底下所有多情的男女都来了,专挑这个美好的节日,要挑选自己心仪的对象,也要把自己深埋的情思吐露给暗恋已久的人儿,要把自己火热的心捧给期许白头偕老的对方。

森林里、田埂上,茂盛的草丛里,更多的民间歌手选择天然的会场,背着节日食物,喝着自酿或沽来的酩馏子酒,右手托腮做喇叭状,悠悠地唱起花儿。自在,随性,无拘无束。

起初,大家都是各吃各的,各喝各的,各唱各的。几个姑娘或尕媳妇蹲在树底下,唱几句简单的曲调:"山里最高的阿一座山,川里最平的是撒川?英雄最难过阿一道关,什么人爱的是少年?"这是在向远处的男青年们招手,抛绣球、给台阶呢!就看你会不会接这个滚烫的绣球? 会不会下这个热情的台台?

几个头戴毡帽的小伙儿躺在草丛里,大口喝上几杯酒,抹一把脸上的羞涩,用粗犷的嗓子齐唱道:"名山里高不过峨眉山,大川里平不过八百里秦川。英雄难是过美人关,美人爱的是英俊的少年。"这个回答,既干练又准确,还显得自己见多识广。既恭维了对方,也把自己顺带着夸了。多么机灵的"花儿"手,又是多么自信潇洒的少年郎。

酒过三巡了,你一句,我一段地把情打了,俏骂了。一唱一和、一来一往中,大家感觉熟悉了,不再矜持了。先是男子们慢慢地往树底下走去,一边唱着,一边巡睃着容貌秀丽的女孩,将包里的吃食往她们跟前一一摆开,当然还有路边顺手摘下的花朵。

分散的几十个小场子很快就会聚合成几个大场子了,甚至是一个大场子,比镇政府搭建的正式会场更吸引人,人气更旺,闻声而来的观众里三层外三层,只为听一听更加本真、原始、纯粹的味道。

男子唱道:

西瓜的瓢瓢解不下渴,

山高者遮不下太阳;

尕妹是樱桃者口噙上,

有心肠囫囵儿咽上。

一朵红云飞上女子的面孔,含羞捂嘴地笑了。随即也不甘示弱,扑楞着毛眼眼回答对方:

天气儿晴了者水清了,

河里的鱼娃儿见了;

不见的阿哥哈可见了,

心里的疙瘩儿散了。

……

几天的花儿会结束了，一段又一段美好的姻缘可能也就缔结了。

有一个青年男子在"花儿会"上喜欢上互助县前来演唱的女孩，女孩却不愿意嫁到甘肃来，要求小伙子上门。小伙子的父母不同意自己的儿子做上门女婿，怕矮人三分，低人一头。整整三年，姑娘和小伙子痛苦地徘徊于甘青两省的边界上，只能在大通河畔用歌声传递着对对方的思念。终于有一天，小伙子安顿好一切，背着父母，骑着一匹白色的大马跨过大通河桥飞奔到了姑娘的家中。

一年后，他们怀抱"花儿"结晶，又跨过大通河桥来看望父母。父母看到儿子精神焕发，孙子健康可爱，知道事实并不像他们想象的那样，方才欣然接受了儿媳。至此，一段"花儿"谱写的美好爱情故事在甘青两省传颂，吸引更多的人来参加天堂花儿会，唱花儿，听花儿，寻真情、觅知音。

但不是所有的故事都能像王子和公主的故事有一个同样美满幸福的结尾。悲情的故事悄悄在天堂镇的沟沟岔岔、大通河两岸演绎。

上世纪 90 年代，在花儿会上相爱的一对男女，在蝴蝶滩的泉水边一曲定终身。但沉重的彩礼压垮了小伙子，虽然有一副唱"花儿"的好嗓子，却换不来厚厚的票子。他天天晚上骑着摩托车去姑娘家的院子外唱花儿，打口哨，约姑娘出来见面，倾诉相思之情，他对姑娘说的最多的是"一天里想你者肝子疼，一晚夕想你者心疼。"无奈，姑娘是个软弱的性子，不敢违拗父母。可无论他们如何哀求父母,父母就是不见彩礼不吐话。姑娘犹犹豫豫,晚上也不敢出来和小伙子见面了。

不觉间,又是一年花儿会,俩人在会场上不期而遇了。小伙子力邀姑娘跟他去河对面的山上摘枇杷花。姑娘胆战心惊地坐在了小伙子摩托车的后面。大通河水清亮亮,大通河畔的风轻柔柔,大通河边的山花白灿灿。斯情斯景,姑娘想起了一年前两人的恩爱缠绵,不由地抱紧了爱人的腰,把滚烫的脸颊贴在了爱人的后背。

小伙子眼含泪水,加大油门,径直把车开进了大通河的最深处……河边会场里的人们最后听见一句泣血的花儿:

"若要我俩的婚缘散,

冻冰上开一朵雪莲!"

贾雪莲,女,甘肃省作家协会会员。作品散见于《散文诗》《飞天》《延河》《少年文艺》《甘肃日报》等。2017年荣获"飞天"全国征文散文二等奖。

天堂寺，禅房草木深

赵文珺

宋良勇　摄

到天堂寺,并没有像往常一样,直奔大殿,而是穿过水泥路面,踏上了那条幽寂的转经栈道。

细雨绵绵,很适合此时的心境。

木制走廊,踏上去,有一种莫名的安稳和踏实。大殿深处,有阵阵钟声传来,警醒世人,敬畏天地,顺应四季轮回,在天地之间,安然走下去。

木头走廊只有一米多宽,岁月之后,光滑而干净。虔诚的信徒,每天早上提着香囊,踏上栈道,一路走,一路吟颂圣经,默念着佛的种种告诫,净化被尘世污浊的灵魂。

草木,已染上了深秋色的色泽。浅黄、深黄、浓黄,浅红、艳红、深红,都是秋天的语言,草木最懂季节变化,从不违和,从不疏离,春生、夏长、秋实、冬藏,只是顺应了自然规律,才这样生生不息,周而复始。

这里,位于青藏高原北部边缘,青海北山脚下,由于四周山脉阻挡,形成了一个天然小盆地,大通河自西向东横穿而过,气候温暖湿润,素有"天祝小江南"之称。

而位于山脚下的天堂寺,是藏传佛教北方五大名刹之一,也是天祝县境内十四座寺院里,建筑规模最宏大,文化底蕴最为厚重的寺院之一。

2015年,天堂镇当选为"中国最美的休闲乡村",一年四季,来这里朝拜,游玩,休闲娱乐的人络绎不绝,使这深居西北内陆的小镇风生水起,名誉四乡。

曾无数次来这里,但大多时候,随着众生脚步,进殿朝拜,见佛烧香,之后,茫然离去。也许,对于像我这样,不能深刻领会,佛教博大精深教义的俗子来说,来这里朝拜,许多时候,只是一种仪式,至于如何有一颗虔诚的心,或是深刻领会佛教对人灵魂的清洗和觉悟,似乎总是很遥远。

　　今天,借着这绵绵秋雨,带着一颗安详而平和的心,轻轻地踏上这一条被草木环绕的长廊。

　　这条路,在我之前,一定有无数人走过,这些草木,也曾有无数双虔诚的眼睛注视过,它们的枝叶,也曾被无数双虔诚的手抚摸过。

　　大多是野草,随意长在那里,西北高原最常见的芨芨草,越老,或是低矮的灌木,两侧的小柏树,如行吟的诗人,静穆而安详,它们常年生长在这里,沐浴着佛的光泽,安详,寂静,散发着幽幽香气。

　　朱红色的栅栏杆上,铁球被磨得光滑而明亮,在细雨中,泛着青色的光泽,八瓣梅夹杂在草丛中,娇艳而忧伤。这个季节,它们就像佛祖的恩泽,随处可见。

　　拐弯处,一座白色的佛塔,穆然而立,天堂寺也尽收眼底。

　　这座集宗教、历史、教育、文化于一体的格鲁派宗教寺院,历史上曾被称为"佛塔滩",曾有大小寺院一百零八座。

　　据历史记载,早在唐宪宗(公元806—821年)年间,此处有一座原始苯教寺院,称永中寺。

　　从这时开始,此地兴起了噶玛巴教派,并修建了一座噶玛派寺院"琼察寺"。

明朝中期,一代宗师宗喀巴,创立的格鲁派,在青藏高原兴起,强大的格鲁派,势力像旋风一样,也刮到了华锐藏区,格鲁派逐步又替代了噶举教派,成为这里当然的正统宗教。

清顺治四年,青海湟源东科寺第四世活佛多居嘉措呼图科图,应寺院和华锐莫科、加室、朵仓等部落的邀请,来此担任了寺主,对寺院进行了大规模的扩建,修建了大经堂等一些基础设施,寺院面貌发生了根本性变化。

明朝末年噶玛派寺院衰落,格鲁派证空高僧丹玛次成嘉措,在此地修建了一些禅房,并带领弟子学修,称"禅林"——这就是天堂寺的前身。

清顺治四年(公元 1647 年)格鲁派大德四世东科呼图克图多居喜措,将禅林改为闻思学院,号称天堂寺。清顺治九年五世达赖进京途中,经过该寺时又命名为"吉祥增长洲"。

公元 1652 年,五世达赖罗桑嘉措进京路过金强川时,为寺院赐名"却典堂扎西达吉琅",意为宝塔滩吉祥振兴洲,汉译音为"朝天堂"寺,后来就演变为"天堂寺"了。

历史的厚重,为这里留下了丰富的文化遗产,来这里的民众,无不为能进大殿朝拜,和领略浑厚的历史文化而感到荣幸。

脚下这条依山而建的长廊,把整座寺环绕起来。

当地民众,以藏族和土族为主。每有闲暇,就来寺院转经,这是他们的必修课,也是每一个藏族人的骄傲。人们认为，每顺长廊走一圈，功德就增加一倍，心头的罪责就减少一分。

朝圣，在藏族民众中，有着至高无上的地位，那些信仰佛教的藏族人，随时可以放心一切，踏上朝圣之路。

看过张洋导演的《冈仁波齐》，深深地为他们的信仰而感动。一群生活在高原深处的人，一群为了不同目的而去朝圣的人，历经一年时间，穿越两千五百公里的路途，一步步叩完了去冈仁波齐的朝圣之路。

路途中，他们经历了寒冷、饥饿、疾病、灾难，甚至生死的考验，终于到达了心中的圣山——冈仁波齐。他们的信念，坚韧和执着，真的不是我等这样尘俗的人所能理解的。虽然，我们也常将尘世的脚步，移到寺院的圣殿上，或是大佛的脚下，但心中的信念，或是某种意义上的虔诚，到底也没有那么虔诚，更多的，或许是一种仪式，一种为疲惫的心寻找一个托靠的理由。

大殿后面的山坡上。野生的菇，开着黄色花的野菊，结着红果子的黑刺，站在树枝上啄食的鸟儿。众生安然，都在谛听佛的教诲。这一年，更多去接近草木，渐渐知道，所谓禅心，就是一颗草木之心。草木随性，顺应天地自然。一花一世界，一草一人生，佛的脚下，众生平等，一切都以它原有的样子安然生长。

一丛一丛的大苦草，开着淡紫色小花。由于名字里有一个苦字，味道也不是那么好闻，世上百草，皆可入药。大苦草，性寒，味苦，具有清热，健胃，利湿的功效，可以治疗消化不良，胃炎，牙痛等疾病。

这种模样清雅的小花，却有一个有点凶残的名字，叫獐牙菜。大概来源于它花瓣的形状吧。娟秀娇艳称国色,吾安清野沐春风。大野之中,它以清雅的姿态卓然而立,而一旦进入药谱,为君为丞,还是为将为卒,立刻担起了治病救人的重责。

藏药里,有一种药叫洁白丸,治疗胃病十分有效。山的另一侧,就是当地有名的藏医研究所。藏医用藏药,藏药在广泛吸收中医药学,印度药学和大食药学等理论的基础上,通过长期的实践,形成了独特的医药体系,藏药多产于青藏高原,普通草木,到了医者手里,都成了医治百病的良药。

今生,我不知道自己是否也是一棵草,若是,定是那在野的。一颗心,常逃离尘世的藩篱,行走于大地之上,只有于草木在一起,才觉得安然和释然。

读过一首小诗,其中有一句:"你坐在草木中间,突然就没有了悲伤",写诗的人,一定是一个热爱草木的人。人生草木间,说的是大道,也是至理,与草木为伍的人,是幸福的,也是安然的。

长廊尽头,是僧人们的禅房。木门半掩,走进去,恍若走进了一个农家小院,金色的百日草,橘黄色的长寿菊,有点枯萎的九月菊,台阶上,还有一只懒洋洋的大花猫。一个红衣的僧人,提着半桶水,慢慢地走过去,没有听到诵经声,只看到他拿起花洒,默默浇花的背影。

赵文珺,女,武威市作家协会会员,有作品散发于《西南军事文学》《小品文选刊》《华夏散文》等报刊杂志。

独游天堂寺

常羊吉卓玛

宋良勇 摄

和好多次的独游一样，今天是四月初一，我陪伴着自己的心，坐上了华藏寺至天堂寺的轿车。我的同座手机里播放着藏歌，那优美的旋律让我深深陶醉。

　　可能那悠远的唱词点燃了我的心灯，好希望优美的天籁之音不要停止。让我寻着高山流水快快抵达天堂寺，让我像一片雪花一样融化在天堂寺青莲的掌心……

　　轿车启动了，我在分分秒秒虔诚的祈愿里遐想着初夏的天堂寺，这个季节的她一定是绿叶红花，度母一样慈悲地等待着我的到来。

　　车行至石门沟，这里的山水没有城市车水马龙的浮躁，有的只是诗情画意。沿河而上，山水更是独秀，星星点点的柏树长在突兀的山岩上，似弹出的琴音，都能听到仙人抚琴的声音。

　　再前行，遍山灌木，遍山牛羊，这时候，心儿早已返璞归真。目光悠闲地穿行在山间。与草木牛羊为友，与山泉白云闲聊。心还在山坡上游走，轿车早已钻进了五台岭隧道。心儿啊快快地追上，走过隧道也许天堂寺就近了。

　　车行至朱岔峡景区，沿途白桦树长满山坡，不知道这美丽的白桦林里有多少美丽的故事长在枝丫间。

　　还在遐想，还在出神，车停了。司机说："天堂寺到了。"十五年前我来过这里，今日走在崭新的街道上，已是今非昔比。

走到天堂寺前面的广场上，就被树木的新绿所折服。广场周围栽了好多杨柳。那吐露的嫩芽，淘气地探着头、吐着舌头，还在微风中扭着它们的腰，招摇着它们刚刚穿起的翡翠裙子。

天堂寺的风也像寺里老喇嘛的手，慈祥地抚摸着广场上游玩的孩子们的脸。

在这样柔和的微风里，广场中央的"和睦四瑞"的金色雕像格外醒目。一只大象的背上蹲着一只猴子，猴子的头上蹲着一只兔子，兔子的头上站着一只鸟雀。它们是非常团结的四个好朋友，整个雕像象征着和睦、团结、吉祥。

如果夜晚来临，它们一定会互相帮忙，摘下天上的星星当玻璃球在广场上弹玩。

我喜欢这样开阔的祥和之地，所以没有马上走进寺院，而是在"和睦四瑞"的祥瑞之气里漫步广场，远远瞻望这座祥和的佛寺。寺院门前是高高的台阶，台阶两边各有四个佛塔，寺院里佛殿参差，琉璃金顶在阳光下熠熠生辉……

真是好心境能换来好天气，好天气能换来好机缘。一位孩子气十足的小喇嘛如轻云上的仙子步步生莲向我走来，叫我一声"老师"，端详半日才认出是我小学里教过的一位学生。他现在的身高几乎是原来的两倍，脸上多了几份清秀。我曾给他们班代过几节美术课，他还记得我，真是难得。

知道他在天堂寺出家，没想到今天就这么巧遇到他了。他带我走进寺院，先去经殿，有些经殿的门锁着，他都去喇嘛那里要来钥匙。

走进每一个大殿，都有各种佛菩萨的塑像，还有壁画。这些佛都是有来历的，都有各自的象征意义。我们行至宗喀巴大殿，经殿里几层楼高的宗喀巴大师的木雕佛像庄严端坐，不悲不喜，默默把智慧洒向人间。人们瞻礼宗喀巴大师，是因为宗喀巴大师是一位满腹经纶的佛学理论家。

站在这些佛像前，不由心生敬仰。时间会流失远去，而智者留下的文化源远流长。朝拜宗喀巴大师也就是朝拜了自己心中的智慧，一盏盏点亮的酥油灯都象征着慧眼。点燃酥油灯，也就点亮了我们的心灯。愿人间没有愚昧、无知；愿我们的眼睛和心灵就像灯光一样明亮；愿灯光照亮自己的同时也照亮别人。这是多么美好的祈愿啊！

再走进度母殿，慈悲的二十一度母，她是真善美的化身。大慈大悲像母亲一样慈祥。不管在哪里见到度母，心内总会涌出很多慈悲喜乐……

我们朝拜完所有的佛殿后，又去转寺。转寺栈道修在寺院外围的山上，幽径曲折，古色古香。整个走道都是用木板铺成，栈道外围有水泥栏杆，都漆成原木色，和栈道融然一体。有些地方也用铁链，那银色的铁环，环环相扣，和周围的绿树红花相映成趣，也算是一道风景里的风景了。

走在转经道上，这位法名叫洛桑旦巴的十六岁小喇嘛很少和我说话。我们顺时针转完山上的栈道，他还带我去看了他上课的寺院学校。学校坐落在寺院的最下端，校园里有篮球场，高高的台阶上十几间平房。他说，他在这里学习藏文，还完全听不懂藏语，简单的也学会了些。还说，他的师父很疼爱他，他和他师父住在一起。

看着眼前这位安静的少年，祈愿他在天堂寺生活的无病无灾！健康快乐！

要返回了，他多次挽留我明天再回。我心里总不是滋味，就像跟自己的孩子道别一样，有些割舍不下，我给他留了一些零用钱，再三叮嘱他照顾好自己，听师父的话，精进修行。还答应他，以后一定要来看他。

这孩子从小没娘，他能在天堂寺出家修行，他师父又很疼爱他，也是他的造化。

人啊！可能都是这样的，上天为你关闭一扇门，定会为你打开一扇窗。所以作为人的我们，也一定不能辜负上天的好意，一定让自己在积极向上、乐观自信中度过每一天。

青山绿水间的天堂寺是开在人间的一朵莲花，出淤泥而不染，这里清静自然，没有污浊。

"随其心净，则佛土净"。好想在雨后的薄雾间轻声念诵《般若波罗密多心经》。彼岸树木葳蕤，此岸桑烟缭绕，愿心豁达，自由自在。

天堂不远

贾红梅

天堂有多远，其实也不远。

草原，是高高低低的小山丘，平缓延伸，一望无际。藏族特征显著的民居，星星点点缀于其上。白牦牛优雅地在田地间漫步。高耸巍峨的马牙雪山，像一位圣洁的女子，在云雾缭绕中肃立。赤红色的本康丹霞地貌奇特美丽。大通河水滋润着两岸的黄土高原和青藏高原迥异的景色。

沿途的美丽，消解了旅途的劳顿。带着一颗朝圣者的灵魂，天堂就近在咫尺了。

起先诱惑我来这里的不是天堂寺一路的美景，而是她的地名。

天堂寺，多美啊，单单是听着，就有一种远离了尘埃的味道，带着一丝禅意，一丝清明。没有悲伤，没有烦忧。像是一双澄澈的眼眸，盛满了清碧的圣水，在心头荡漾。

天堂寺，是藏传佛教格鲁派名寺，具有悠久的历史，位于天祝以南的天堂镇。始建于唐宪宗年间。第四世噶玛巴若贝多杰途径此地为消除鳄鱼之害修建了镇龙塔108座，称其为"朝天堂"，在藏语里意为宝塔滩。迄今为止，一千多年了。

巍峨的寺庙主体建筑坐落在几乎是四面环山的盆地中，似襁褓中的婴儿，纯净，圣洁，散发着新生的朝气和历史沉淀的厚重感。当我真正靠近天堂寺，伫立在她的面前时，心瞬间宁静了，天空也变得高远。渺茫中有一缕袅袅的梵音在空中回荡，召唤着我和我的灵魂无比虔诚地匍匐在天堂的脚下。

天堂,我来了。在等候了千年之后,转山转水转佛塔,寻着冥冥之中的牵引,我终于来了。我带着沾满尘埃的肉体,千疮百孔的灵魂,穿越人海万千,碧水蓝天,一步步靠近你了。

身穿紫色长袍的喇嘛在大殿门前磕着等身长头,虔诚而认真,一刻也不停息。我站在他身后,仔细打量着他,他并不觉察我的存在,口中颂着经文,身体紧紧贴在泛着岁月光彩的地板上。每一次起身,伏地,都是那么坦然,舒展,饱含着对万物的慈爱。

一花一世界,一树一菩提。或许,在他心里,万物众生,都是一个纯净无争的世界,慈爱悲悯的世界,菩提的世界,佛的世界。

我不禁双手合十,微闭双眼,内心充满了悲悯。对自己的悲悯,对万物的悲悯。

春花秋月,云卷云舒,忽而在我的世界里都飘远了,走散了,在岁月里清静了。

仰望着佛,我沉思。要历经多少清心修炼,才能看世界泰然!要历经多少苦痛打磨才能得万物彻悟。

佛,低眉含笑,不言不语。

婆娑世界,无言便是佛的真言。

忽然地,我就看不到自己了。

我脱去鞋袜,赤脚走进佛堂。用体温感知佛的博远,用脉搏体味佛的清喜。我匍匐在佛前,五体投地,贴着地面呼吸最低处的空气,在一朵莲花上找寻世间的解脱。

殿内，浓浓的柏香缭绕案前，佛灯温暖柔和地照亮了木雕镀金的巨大佛像。菩萨低眉，面含慈悲，在幽深的光线里格外遥远。

在这样宁静的地方，灵魂也变得轻盈。远离了贪，远离了嗔，远离了痴，远离了世俗中的一切烦忧。

我走过天堂的每一寸土地，她如莲花般在我的脚下步步盛开。我触摸她裸露的一草一木，感受最虔诚的初生。我拨动每一个转经筒，祈求平安！

天堂不远，真的不远。她就在你的心里。

贾红梅，女，汉族，80后，笔名梅红若曦，古浪县作家协会会员，作品散见于《西凉文学》《诗中国》《西部人文学》《古浪文苑》等。

天堂的盲窗

张宗文

宋良勇　摄

夏日的一场出发,可能是因为五台岭那连绵的杜鹃花海,也可能是天堂寺前大通河清凉的波涛。至于抵达,倒没有多想,我的心至少还有处安放。

　　拍几张沿路的美照随手发朋友圈,也算是向庞大的朋友圈组织积极靠拢。

　　"上天堂?"有眼尖的朋友秒回。看似诚意十足,却又暗藏玄机。这年头,谁还没几个损友?

　　"嗯嗯,"我针锋相对,"我不但能上天堂还能来去自如,你不能吧?"

　　此地多藏传佛教寺院,地名也就带上了浓郁的宗教色彩。"天堂"算什么,还有"极乐"呢。我老家的邻村,就因为有"极乐寺"而得名"极乐村"。

　　"去哪里?"

　　"去极乐世界!"

　　刚看过《西游记》的顽童们常拿这个村名取笑。阿弥陀佛,罪过罪过,这样的好名好姓岂容顽童玷辱!

　　比起此地常年的低温清冷,天堂镇算得上个气候宜人的好去处。大通河流淌了千年,丝毫没有厌倦的意思。雨水充沛,河水就不显瘦,她丰腴的身体滋养着两岸,到了这里就懒洋洋地不想再继续朝前行走。彼岸是青海互助县的莽莽林海,青松、红桦,云蒸霞蔚;此岸正对着天堂寺金顶的建筑,桑烟缥缈,灵山多秀色,空水共氤氲。藏式的小院落里,牡丹正艳,花椒树也正散发着浓郁的香气。

　　高原直白的阳光,透过绿荫翠柏,在寺院古

色古香的院墙上筛下大片斑驳的影子。寺院内桑烟袅袅，梵音处处。信徒们虔诚地转动着经筒，也有人长久地匍匐在点燃着酥油灯的佛像前祷告着。

在供奉着世界最高木佛的宗喀巴大殿，一个年轻的僧人正披着绛红色的僧衣打坐着，物我两忘。外面阳光正好，佛殿内的光线却和那些星星点点的酥油灯一样的昏暗。高大的木佛慈目微合，正与年轻的僧人一起入定在了昏黄的时光里。

可我，明明就看到了许多的窗口规则地排列在雄伟的佛殿建筑上啊？

那是寺院的盲窗。同行的藏族诗人轻声告诉我。

原来如此！那么，这些盲窗的存在的意义何在呢？为了让打坐的年轻修行者抽回投向红尘的目光？再或者，墙上无窗，心里有窗？

不敢妄加揣测，很多时候，眼睛确实会欺骗自己，但心不会。

幼年时候，跟祖父住在山里放牧。某日晨光微曦，牛群突然躁动不安起来。祖父披衣起身查看，又惶惶然回来安顿我，睡着别动，有狼。

睡眼蒙眬的我立刻清醒过来，趴在巴掌大的窗口往外看。十几米的圈门外，两匹血红的狼，正兜着圈子徘徊。有一头冷不丁回头与我两眼对视，那赤红嗜血的眼神让我心里一打颤，赶紧将头蒙在了被子里。

那红色的狼，成了我童年很长时间挥之不去的阴影。

然而，世上哪有红色的狼？最好的解释可能就是恐惧给我的眼睛蒙上了一层血色，也顺带涂染了那两匹饥渴的狼。

这天堂的盲窗,在收回修行者心神的同时,附带让来游览的我思考良多。

想起不负如来不负卿的那位,盲窗于他何宜? 无生有,有归无。涂画镶嵌在墙体上打不开的假窗子,禁锢了凡人肉体,遮蔽了视觉堵塞了耳朵,就因为心上打开了一扇隐形的窗子,却也难逃人生八苦。

我敲击文字的电脑,正对着斗室的一扇窗,被阳光洗褪了色的窗帘半开半闭。不用往外看,我就知道窗口正对着的那些山又在季节的更替中换了衣衫,信号塔上栖息的那群红嘴鸦又因为琐事吵闹不休。最难揣测的是窗外高速公路上来往的车辆,每一辆车里面都承载着不同的心在匆匆驰过我的窗口。他们是为了出发,还是为了抵达? 是盛装去赴一场人与事的盛大约会,还是看尽了白眼受尽了屈辱在享受速度的同时黯然神伤? 再或者,就为了生活麻木地走在路上? 半夜沉重地驰过的多半是卡车,他们永远在路上。我一个朋友就经常从这条路经过,难得停下来会会面。他说,每次从我窗口经过,他都会在心里跟我打个招呼。当我眼神迷离的对着窗口发呆的时候,又错过了多少温暖的事情呢。

我的盲窗,凡人的窗子,不经意间,让心飞得更远了。

张宗文,男,武威市作家协会会员,《乌鞘岭》杂志编辑,有作品在《黄河报》《西凉文学》等报刊杂志上发表。